八月の魔女

いちい汐 Ushio Ichii

アルファポリス文庫

https://www.alphapolis.co.jp/

魔女、進路調査に悩む

すこん、と突き抜けた青空に、真っ白な入道雲がもくもくと湧き上がっている。窓を全開にしても、風はまったく吹いてこない。

暑い。ただでさえ暑いのに、アブラゼミがジーーーッと鳴くもんだから、まるで暑さの我慢大会をしている気分になる。皆下敷きやノートであおいで、少しでも涼しくしようと躍起になっているけど、効果のほどは推して知るべしだ。

二年二組二十二番。縁起のいいゾロ目。

八月一日(ほずみ)結(ゆい)。十七歳。八月一日と書いて『ほずみ』と読む。すっきりとうなじが見えるショートボブ。くっきりとした眉。黒目がちな瞳はくりくりとよく動く。

「はい、結」

「ありがと」

前の席からプリントが回ってきた。一枚抜いて、後ろの席に回す。

「今配ったプリントは、来週の月曜に提出だ。忘れるなよー」

担任教師が言い終わるのと同時に、終業のベルが鳴り響いた。椅子を動かすけたたましい音と共に、生徒たちが待ってましたとばかりに散っていく。

「ねえねえ、結。大学決まった？」

「え、あ。うーん、まだ……、かな」

煮え切らない返事には理由がある。同じ帰宅部の千早に肩を叩かれ、結は曖昧な笑みを返した。

「千早は専門行くんでしょ？」

「うん。せっかく店の土台があるからね。私が美容師デビューしたら、徹底的にあのダサい店を改装するんだ」

千早の家はお母さんが美容院を経営している。昔からある町の美容院で、お客さんも顔なじみの人が多い。そんな家に育った千早はおしゃれに敏感で、制服のジャケットのボタンを色違いにしたり、髪型も器用にアレンジしたりするのが上手い。

「だいたい、なんで夏休み初っ端から三者面談なのよ。信じらんなーい！」

「だよねー」

口を尖らせながらも、千早の顔は夢と希望に満ちて輝いて見えた。

「あの、さ」

「んー？」

グラウンドからは早くも「ファイ・オー、ファイ・オー」と部活動に励む声が聞こえてきた。

「千早は家の跡を継いで美容師になるの、嫌じゃない？」

「ううん、全然。別に親に言われたから美容師になるんじゃないし」

「え、そうなの？」

頷いた千早の髪は、今日も複雑に編み込まれている。

「私、小さい頃から母親の真似して髪弄ったりするの好きだったんだ。お人形とかそういうの。店で使えなくなったロッドとかたくさんあったし。あ、ロッドって、パーマかけるときに髪に巻くプラスチックの……、そう、それそれ」

五センチほどの長さを指で示すと、うんうんと頷きながら二人して笑った。

「で、中学の誕生日に初めてカットマネキンもらったの。しかも、わざわざ丁寧に箱に入れてリボンかけて。開けてびっくりだよ、生首かって！」

当時のことを思い出したのか、けらけらと笑う。

「普段は絶対触らせてくれないハサミも貸してくれてさ。そのとき、私やっぱり美容師になりたいって思ったんだ。マネキンの髪は酷いもんだったけど、素人なんだからあたりまえだよね。でも、二度とこんなかわいそうなことはしないって思った。今度はちゃんときれいにしてやるって」

真面目に答えたのが恥ずかしかったのか、千早はへへへ、と照れた。

「結の髪も私がやったげるからね」

「うん。専属美容師だね」

「カリスマ美容師になって、雑誌に特集組んでもらったり！」

「芸能人のお客さんとか？」

二人できゃあきゃあ騒ぎながら廊下を歩く。

千早が眩しかった。生まれながらに敷かれたレールがあるという環境は似ている。だけど、千早は敷かれたレールの上をただ歩いてるんじゃない。自分の意志で未来へ向かって歩き出そうとしている。似ているけど、全然違う。将来の夢も希望も、描くことさえできずにいる自分とは大違いだ。

笑みを浮かべたまま、結はさっき配られたプリントを、ポケットに押し込んだ。

進路志望調査。夏休みまであと一週間を切った今日、三者面談のためのプリントが配られた。二年生に進級する際、結は総合コースを選択した。明確な大学進学を目指す特進コースではなく、いわゆる普通科コースで、大学進学を目指す生徒から、千早のように専門学校を志望する生徒もいる。

「ただいまぁー」

玄関のドアを開けようと手をかけた途端、内側からドアが開いて、結はギョッとして飛びすさった。向こうも驚いたように目を見開いたが、結だとわかると「なんだ、結か」と呟いた。

「なんだはないでしょ。おかえりでしょ、お、か、え、り！」

八月一日渉、十六歳。ひとつ違いの弟だ。どちらかと言えば結は父親似、渉は母親に似ているが、そこは姉弟。並んでみると顔のパーツのあちこちと、背格好までもが似ている。結は身長百五十八センチ。渉はそれに五センチ足したくらいだ。

今年、結を追うように同じ公立高校に入学した渉は、クラスの男子の中では小さい部類らしく、顔の造りも手伝ってか「渉くん、可愛いー」と女子の人気者だ。

「いいじゃん。私なんて一回も言われたことないし」

「バーカ。可愛いなんて形容詞は男にとっちゃ屈辱でしかないんだよ！」

鼻の穴を膨らませて怒る渉は、毎日牛乳一リットルを飲み続けている。

「ところで、あんた予備校は？」

「赤本取りに来ただけ」

渉は持っていた赤本をひらひらと振った。

「ふーん」

渉は、高校受験のときに通っていた予備校に今も通っているのだ。

「大変だね。まあ、頑張って」

まったく他人事のようにしか思っていない労いの言葉は、棒読みにしかならない。

三和土(たたき)で靴を脱いでいると「三者面談」と渉が言った。

げ。なんで知ってるの、と振り向いた結に、渉は呆れたように片眉を引き上げた。

「一年のときもあっただろうが、三者面談」

アホか、とわざとらしい溜息をつく。

「それ、進路調査だろ」

それ、と渉が指差したのは、結が無意識に触っていたスカートのポケットで、中には小さく折り畳まれたプリントが入っている。

「いい加減決めろよな。間に合わねえぞ」

重そうなバックパックを背負い直した渉は「じゃあな」と玄関のドアを閉めた。

結のポケットはますます重くなった。

――卒業後の進路志望を、できるだけ具体的に記入してください。

――第一志望、第二志望、第三志望……。

千早には、進学かなぁと濁している。クラスメイトのほとんどは、大学なり専門なりへの進学を志望しているが、結の場合、進学したい大学があるわけじゃない。それどころか、そもそも進学しない可能性が高い。

結は真っ直ぐリビングへ向かうと、対面キッチンのカウンターにある紙袋の中を覗いた。袋の口を開いただけで、ふんわりとパンのいい匂いがする。チーズとバターと甘いクリームの匂い。結はデニッシュロールを取り出すと口に咥(くわ)えた。

美味しー。

母親の香住は近所のパン屋で、早朝の仕込みのパートをしている。パンの元になる生地を作ったり、成形したりする仕事だ。子どもの頃からパン屋さんになりたかったという香住にとっては、天国のような場所なのだ。おかげで売れ残ったパンや試作品が、こうしてタダでもらえるんだからホクホクだ。

香住は留守のようだ。この時間ならスーパーにでも行っているのだろう。

もぐもぐと口を動かしながら、結は二階にある自分の部屋へと上がった。

部屋のドアを開けると、途端にむっとする熱気に襲われる。どさりと鞄を放り出し、エアコンのスイッチを入れた。うー、と唸りながら部屋の空気を入れ替えるため窓を全開にする。ひしめくように家々が建ち並ぶ住宅街は、どの家もぴっちりと窓が閉められていて、エアコンの吐き出す熱気だけが立ち昇っていた。

頃合いを見て窓を閉め、甘いデニッシュを食べ終わった唇をぺろりと舐めた。

「はあー、生き返るー」

エアコンの涼しい風を受けながら、結は制服のままベッドにダイブした。寝転がった状態で、ポケットからプリントを取り出す。すっかり皺になったそれを広げた。

『いいかい、結』

祖母の声が蘇（よみがえ）る。

『結の名前はむすぶ、という意味だ。あたしらの住んでいる世界と、向こう側の世界を結ぶ役目があるんだよ』

『むこうがわって？』

『目には見えないけれど、すぐ隣にある世界さね。おまえさんにはあたしと同じ魔女の血が流れてる。それを忘れちゃいけないよ』

魔女の血。結は掌（てのひら）をかざしてみた。皮膚の下の静脈が青く透けて見える。

結の祖母、セツは魔女だ。セツという名前は漢字で書くと契（ちぎり）。契約の契でセツ。

八月一日家に生まれる女の子には、祖母から孫へと代々伝わる不思議な能力があった。それが魔女の血だ。

口承（こうしょう）だけで伝えられてきた話によると、その昔妖精王が人間の女性と恋に落ち、男の子と女の子それぞれ一人ずつ子どもをもうけた。けれども、子どもたちは妖精の世界では生きることができず、男の子は死んでしまった。悲しんだ妖精王は、残された女の子に魔法の力を分け与え、こちらの世界に送り届けた。この力を途絶えさせてはならない。そうすれば八月一日家は永遠に栄え、幸せが訪れるだろう——。

まったくもってバカバカしい話だが、小さい頃からおまえは魔女になるんだと言われ続けてきた結にとって、それはおとぎ話でもなんでもなかった。

そうして八月一日家に与えられた魔女の血は、なぜか祖母から孫へと伝えられ、そこへ運悪く孫の代に産まれたのが結なのだ。

はあっと重い溜息を吐き出すと、壁のカレンダーに目が留まった。二ヶ月で一枚めくりのカレンダー。七月末の月曜に大きな丸印。

毎年、夏休みは祖母の家で過ごす決まりがあった。セツは、結の家から新幹線を途中下車し、電車とバスを乗り継いで三時間半、さらに徒歩で四十分という山奥に住んでいる。そこで結は夏休みの間中、魔法の言葉を覚え、魔女に必要な知識を叩き込まれるのだ。それがこの丸印。

小さい頃から魔法はあたりまえにあったし、皆にとってもごく普通のことだと思っていた。

『結ちゃんとあそぶとうそつきになるよ』

そうじゃないと知ったとき、結は幼稚園不登園に陥（おちい）った。まだまだ魔法の魔の字も使えない頃だ。

女の子たちは日曜日の朝に放送されるアニメ『キラキラ☆マジカルリンリン』に夢中で、誰がどのキャラクターの役をするか毎日真剣に悩んでいたのに、『あたしのおばあちゃん、まほうつかいだよ』と言った途端嘘つき呼ばわりだ。魔法はテレビの中から出てはいけないものと知った、最初のできごとだった。

あれから十二年が経ち、結も多少の力を発揮できるようになった。

今、結の顔の上ではプリントが宙に浮いている。ずぼら以外のなにものでもなかったが、この程度の魔法なら無意識のうちにできてしまう。香住に見つかったらお小言は確実だが。

結は、枕元の黄色い熊のぬいぐるみを抱え込むと、ごろりと横を向いた。

両親は、結がこのまま魔女になると信じきっている。渉は結の気持ちを少しは理解してくれているようだが、「好きなようにすれば？　結の人生なんだし、今どきお家のためのスケープゴートだとか、ないない」と軽い。なんだかんだ言いながら、どうせ最終的には魔女になるんだろうと、優柔不断な結の性格を知ってのことだ。

自分にも確かに流れている魔女の血。魔法の力は向こう側、すなわち妖精の世界に依存する。光と影は対になっていて、どちらがいい悪いの区別はない。善悪の判断は人間世界のものであって、向こうの世界では意味のないものだからだ。そんな現実を教えるためか、結が中学生になると、セツは依頼主との相談の際には隣にいるようにと命じていた。

宝くじの当選番号を教えてほしい。そんな欲にまみれた依頼もあった。

誰彼を殺してほしい。死んだ人間を生き返らせてほしいなど、恐ろしいものまで。世界各国の要人からそうした依頼が飛び込んでくることも珍しくなかった。

眉をひそめたくなるような願いも、魔法の力の前では病気を治してほしいという願いと違いはない。判断（ジャッジ）するのは魔女だ。世界は光と影の危うい均衡の上に成り立っていて、魔女はその狭間で生きている。

もうすぐ夏休み。またあの深い森の中で、長い魔法の時間が始まる。

だがその前に進路調査と三者面談だ。志望とは、志（こころざし）があるかどうかだ。しかし結には、これという志（こころざし）もない。進学したいわけでも、どこかに就職したいわけでもない。このまま魔女になってもいいんだろうか……くらいには悩んでいる。もし、魔女以外の別の選択をしたとしても、家族はびっくりするだろうけど、最後は結の希望を尊重してくれそうな気がする。

『ははは。会社が倒産するのは困るけど、結が自分の進みたい道を諦めてしまう方がもっと困るよ』

そう言って。問題は、そんな選択肢すら自分にはないことだ。

「あーっ、もお！」

じたばたと足をばたつかせていると「ただいまー」と香住の声が聞こえた。

「結ー、アイス買ってきたわよー」

「わっ、食べる食べる！」

結はガバリと跳ね起きた。ドタドタと階段をフルスピードで下りていく。

「ガリゴリくんあるー？」

主の去った部屋で、宙に浮いていたプリントがカサコソと形を変えていく。

「あるわよ。ソーダ味と醤油煎餅味」

「えーっ、なにそれ。私ソーダ味。あ、でも醤油煎餅味もちょっとちょうだい」

紙飛行機に姿を変えたプリントが、机の上まで飛んでいきポトリと落ちた。

魔女と魔女の弟子

バスを下りると、立ち昇る熱気と共に、盛大な蝉時雨(せみしぐれ)が頭の上に落ちてきた。

「あつ……」

あっという間に全身から汗が噴き出してくる。こめかみを伝う汗を拭いながら空を見上げると、真っ青な空と山並みに立ち昇る積乱雲に、かすかな眩暈(めまい)がした。アスファルトの道の先に、逃げ水が揺れている。

キャリーバッグのキャスターに小石を絡ませながらしばらく歩き、脇道に入る。ここから先は一本道だ。左右に生い茂る木々が濃い影を落としている。暴力的なまでの陽の光に慣れた目は、一瞬なにも見えなくなった。ぎゅっと目を瞑(つむ)り、一、二、三……。十数えてからそっと目を開けた。ひんやりとした空気に、ほっと胸を撫で下ろす。緑の葉の隙間から、きらきらと零れる陽射しが波紋のように道を照らしていた。

『ほら。あそこに妖精がいる。あれは性悪だからね。気をつけないと道に迷わされるよ』

セツの声が脳裏をよぎる。木漏れ日の中、いくつもの小さな丸い光が踊るように跳ねていた。妖精たちだ。目を凝らすと、ぼんやりと小さな輪郭が見える。姿かたちは様々で、人に似て非なるものたち。小さな光は道を進むにつれ増えてきた。この先にはセツの家が一軒あるだけだ。

車一台がぎりぎり通れる程度の道にもかかわらず、きちんとアスファルトで整備されているのは、セツの顧客に有力者がいるからだ。最初はぶつぶつと文句を言っていたセツだったが、一面雪で埋もれてしまう冬場にも行商の車が立ち寄ってくれるようになってからは、文句を言わなくなった。

ガタゴトとキャリーバッグを引きずりながら歩くこと四十分。不意に視界が開けた。

「ついたー」

ふぅ、と大きな溜息をつくと「ウォン！」と犬の声が聞こえた。左右に広がる畑のあぜ道を、まっしぐらに走ってくる。真っ赤に熟したトマトに、ナスやキュウリ。手入れの行き届いた畑には、今が盛りの夏野菜がどっさりと実り、はち切れんばかりのスイカがごろごろと転がっている。

「タフィー！」

「ウォン！」

両手を広げると、体高が結の股下ほどある大型犬が飛んでくる。

衝撃に備えて結は足を踏ん張った。

「ウォン、ウォン！」

「うぎゃっ！」

タフィーが立ち上がると、結の身長など余裕で超えてしまう。そんな巨体を支えるなど無理な話で、尻餅をついた結の身体を抱きしめたまま、タフィーは結の顔中を舐めまわした。熱烈歓迎だ。

タフィーはバーニーズの血をひくミックスのオス犬で、もふもふとした黒い長毛、鼻すじから胸元は白く、目の上に麻呂みたいな丸い眉があるのがご愛敬だ。当時小学生だった渉が拾ってきたのだが、香住が大の犬恐怖症だったために家では飼えなかった。仕方なく、結は大泣きする渉の手を引いてセツのところまで連れてきたのだ。家出か誘拐かと、警察を巻き込んでの大騒動も、今となってはいい思い出になっている。

「わ、わかったってば。タフィー、久しぶりだね」

ちぎれんばかりに尻尾を振るタフィーに解放されたのは、顔中涎まみれになってからのことだ。今頃はセツも結の到着に気づいているだろう。

クロップドパンツについた土埃を掃いながら、結は一年ぶりの家を見上げた。

「わあ。今年もきれいに咲いてるなあ」

真っ先に目に飛び込んできたのは、雪のように白い花をつけた蔓薔薇だ。結の祖父がセツのために自ら手掛けた広さ八畳ほどのガーデンハウスに、壁一面、屋根まで覆いつくす勢いで生い茂っている。木骨作りを模したガーデンハウスは、うっとりするほどロマンティックだ。対して、すぐ裏手に棟続きの母屋は純日本風。黒い瓦屋根、磨き上げられて黒光りしている柱や床。ジーンジーンと時を知らせる柱時計には、昭和の匂いが漂っている。

「おばあちゃーん！　こんにちはー！」

ホーホケキョ、とウグイスが鳴いた。ここでは別段珍しいことじゃない。夏の高原地帯ではウグイスの谷渡りなどと呼ばれていて、この後にケッキョケキョと続く。

「おばあちゃん？」

縁側から部屋の中を覗いたが、セツの姿は見当たらない。

「勝手口かなあ」

首をかしげながら家の裏手へと歩いていくと「誰だ?」と低い声がして、結はぎくりと身体を強張らせた。

浅黒く焼けた肌に、麦わら帽子。タオルを首にかけ、竹籠には洗ったばかりの野菜がある。一瞬、親戚の大学生が夏休みで遊びに来ているのかと思った。

あれ? でも、そんな親戚いたっけ?

「あ、あんたこそ誰っ」

尋ねながらポケットの中のスマートフォンを探ったが、ない。しまった。スマホはバッグの中だ。ジリ、と後退すると、脇をすり抜けたタフィーが男に飛びかかっていった。よし! 行け! 忠犬タフィー!

「オン!」

「よーしよし、タフィー。もうすぐ飯にするからな」

んん?

タフィーは賢い犬だ。祖母の騎士役としても忠実で、知らない人間に愛嬌を振りまくようなことは決してない。

……じゃあこの人、誰？

首をかしげる結に向かって、タフィーが「ハフン、ワフワフ」と言っているが、あいにく犬語はわからない。

「ああ、おまえ、先生の孫か」

先生？　結はぱちくり、とまばたきをした。

「先生は裏の林だ。木イチゴを取りに行ってる」

セツの家の周辺は果物の宝庫だ。日本では自生するベリーなど見ることは少ないが、なぜかこの家の周りにはブラックベリーやラズベリーを始め、季節ごとの果物が取ってくださいとばかりに実をつける。魔女の力に引き寄せられて起こる現象のひとつだ。

「あのぉ……」

ところであなたはどちらさま？

「結かい？　ああ、やっと来たね」

「おばあちゃん！」

「ストップ」

駆け寄ろうとした結の足がたたらを踏んだ。

「やれやれ。今年は特に豊作だね」

背中に担いでいる背負い籠を、男が下ろすのを手伝う。中身をちらっと見ただけで、すごい量のベリーがある。腰をトントンと叩きながら背筋を伸ばしたセツは、目を細めて結を見た。いや。正しくは結の背後を、だ。

「また詩乃(しの)を連れてきたね。ああ、ほれ。もう行った行った」

セツがしっしと掌(てのひら)をそよがせると、風もないのに結の髪がふわりと揺れた。

詩乃というのは五歳くらいの地縛霊だ。出会ったのは結がまだ幼稚園の頃。さっき下りたバス停から四キロほど先にある深山村(みやまむら)の女の子で、明治時代に病気で亡くなっている。川で遊んでいた同い年くらいの結を見つけ、嬉しくなって祖母の元までついてきたのだ。

当時は結にも詩乃の姿が見えていたのに、成長するに従い見えなくなってしまった。成仏させるのは簡単だったが、セツ曰く、害にならないし本人が望んでいるのでそのままにしているそうだ。いつもなら、幽霊なんてとんでもない！　と全身総毛立つ結も、なぜか詩乃のことだけは怖くない。

『あたりまえさね。おまえさんは友だちのことを怖いと思うのかい？』

セツは至極まっとうな答えをくれた。

毎年結の夏休みは、タフィーと詩乃の歓迎から始まる。しかし今年の夏は少し違っているようだ。勝手知ったる他人の家とばかりに引き戸を開けて入っていく男を見送っていると、「あれはあたしの弟子だ」とセツが言った。

は？　弟子？　弟子って、あの弟子？

目を見開く結に、祖母は大仰に頷いた。

「ええっ、なにそれ！　魔法は血で受け継がれてきたものじゃ……」

「そうなんだけどねえ。畑の世話でも下働きでも、なんでもいいから置いてくれって言うからさ。試しに一週間置いてみたら、おまえさんよりずっと役に立つから、そのまま置くことにしたんだよ」

ガーン。漫画ならそんな吹き出しが頭の上につくほどのショックを受けた。

「置くことにしたんだよって……」

しかも私より役に立つって……。

呆然と突っ立っている結を残して、祖母はちゃっちゃと家の中に入ってしまう。

「慧！　今朝採れたスイカが冷えてるだろ。切ってあげとくれ」

慧。あの人、慧っていうんだ。

いやいやいや。

「ちょ、ちょっとおばあちゃん！」

結は慌ててセツの後を追った。

祖母八月一日契は七十七歳。引く手あまたの美人だったと自他共に認める祖母は、髪こそきれいな白髪だが、そんじょそこらのご老人と一緒にしてはいけない。麻の作務衣を颯爽と着こなし、五キロの米なら両肩に担いじゃうくらい元気だ。背筋もしゃんと伸びているし、家の前に広がる畑はすべて祖母が耕しているのだ。

「……榊慧。二十二歳。K大法学部」

ずずーっとお茶をすする音が茶の間に響いた。どんなに暑い夏の盛りでもセツは冷茶を飲まない。結と慧の前にある冷えた麦茶は、結が用意したものだ。

「…………」

「え？　それだけ？」

思わず突っ込みを入れた結を、慧がじろりと睨む。

な、なんで睨まれなきゃいけないのよ！　負けじと結も睨み返す。

　しばらくは同じ屋根の下で暮らすんだから、自己紹介くらいしないかというセツのひと言で結は慧と対峙しているわけだが、先ほどからテーブルを挟んだ二人の間では火花が散っている。信楽焼の湯呑を置いたセツは「それだけ？　じゃありませんよ」と結を一瞥した。

「おまえさんの自己紹介がまだだろう」

「えーっ」

　ぶーっと唇を尖らせると、セツの目がキラリと光った。慌てて姿勢を正す。

「八月一日結。十七歳。好きな食べ物は招福堂の塩豆大福と……」

「ぶ」

「……今笑ったわね。笑ったでしょう」

「別に。くっ。大福って……」

　肩を震わせる慧にカチンときた。

「あのねえ！」

　結はバンッとテーブルに両手を置いて身を乗り出した。

「招福堂の塩豆大福はね、そんじょそこらの大福とは全然違うの！　もっちりしたお餅に塩味とあんこの絶妙なバランス！　私なんか三個はぺろりといけるんだから！」

「これ、結」

テーブルの手をぺちん、と叩かれて我に返る。

「招福堂の塩豆大福はあたしも好きですよ。……そういや土産はなかったね」

結は耳を赤くしながら「すみません」と小さな声でうなだれた。

「まあいい。知っての通り、この子はあたしの孫だ。後継者になるかどうかはわからないけどね」

「えっ」

結は思わずセツの顔を見た。

「なに驚いてるんだい。おまえさんの様子を見てたらすぐにわかるよ。けど来年は十八だ。自分がどうしたいのか、しっかり考えて決めなさい」

「おばあちゃん……」

「それと、いずればれることだから先に言っとくけど、慧の父親は外務大臣だ」

「外務大臣？」

「先生！」

セツは膝立ちになった慧に「そんなことくらいじゃこの子は驚かないよ」と素っ気なく言った。その通り。外務大臣がどうしたっていうんだ。

さして興味のない結は、ふーん、と一応は相槌を打ちながらスイカを齧った。

んー、甘ーい。今年もおばあちゃんのスイカは日本一美味しい。

「じゃあこの人は、おばあちゃんのお客さんの息子ってこと？」

「最初はなんの嫌がらせかと思ったけどね」

ということは、その外務大臣とやらは依頼を断られた口だなと想像がつく。

セツを頼ってやってくる客の中には、時折権力を笠に着たとんでも野郎がいたりする。セツの好き嫌いはハッキリしていて、客のステイタスがなんであろうと関係ない。はるばる海を渡ってやってきたとある前大統領に、塩をぶちまけて帰国させた一部始終を目撃している結にとっては、へー、ふーん、程度のものだ。

「親父は関係ありません。ここへ来たのは俺個人の意思で……」

「ああ、わかってるさね。そうじゃなきゃとっくに追い出してるよ」

煩わしそうに手を翻された慧は、口を噤んでうつむいた。なにか言いかけたようだけど、ここにいるということはなにかしらの願いがあるんだろう。

じっと見ていたら、凶器のような視線が飛んできた。むっとした結は、スイカの種をプップと連続で出しながら、つんと横を向く。

「とにかく。慧はしばらく私が預かることに決めたんだ。結もそのつもりで仲良くやっとくれ」

「おばあちゃん！」

結は抗議の声を上げたが、セツは聞く耳を持たず「ジャムを作るよ。洗っておくれ。慧は裏の小屋から瓶を運んできておくれ」と指示すると、さっさと台所へと姿を消してしまった。慧も立ち上がると、ぶら下がる電気の傘に頭をぶつけながら結を見下ろす。それだけで威圧感が半端ない。

「仲良くしようぜ」

口角を引き上げながら、慧は右手を差し出してきた。

えっ、あっ。急に和解を申し込んできた慧の態度に、結は慌てた。

スイカを食べていたせいで、手も口の周りもベタベタだ。慌てて布巾で拭い、同じく右手を差し出し平和的な握手……のはずが、慧はすっと自分の手を引っ込めた。つまり、結の手はみごとな空振り三振バッターアウトを被（こうむ）った。

「バーカ。お子さまのお守なんてするつもりねえよ」

は？　結は右手を宙に浮かせたまま、ぽかんと口を開けた。

「先生の後継者なんて諦めろ。おまえには百年経っても無理だ、無理」

はあ？　はあぁ？

「ちょっとあんた！　失礼にもほどがあ……」

いない。結が開いた口を閉じる間に、慧はサンダルを突っかけて出ていってしまった。むかっ腹が立つというのは、こういうことを言うのだろう。むかむかむかっと怒りのボルテージが上がってきて、頭の活火山が噴火しそうだ。くっそう！　反論してやらなきゃ気が済まない！

怒りにまかせてすっくと立ち上がると「結。ベリーは洗ったのかい？」と、作務衣（さむえ）に割烹着（かっぽうぎ）をつけたセツが顔を出した。

そうだった！

「すぐにやりまーす！」

ベリーベリーベリー！　去年にも増して豊作だった。ジャムにコンフィチュール、ジュースにドライフルーツも！

ベリーを前に、炎天下を四十分かけて歩いてきたことも、たった今怒りに燃えていたことも、結の頭の中からはきれいさっぱり消えていた。

「ま、あの子のいいところだよ」

呆れたようなセツの呟きは、鼻歌混じりに外へ出ていった結には知る由もない。


大小様々な大きさのガラスの瓶を、グラグラと煮立ったお湯の中に入れては取り出す。いわゆる煮沸(しゃふつ)消毒というものだが、これが大変な作業だ。夏の盛りにもうもうと湯気を立てる大鍋の前に、つきっきりで瓶を入れては出しを繰り返す。

「これ、魔法でどうにかなんないのかよ」

大粒の汗を拭いながら、さすがの慧も辟易(へきえき)している。

「ほらきた」

「なんだよ、ほらきたって」

「なんでもかんでも魔法で済ませようだなんてバカじゃないの」

「おい。子どもの頃、バカって言う方がバカだって習わなかったか？」

あ、とベリーを種類別に選別していた結は口に手を当てた。

「……ごめんなさい」

頭を下げると、そのままうなだれた。

「な、なんだ」

突如しおれた結を見て、慧が慌てる。

「バカは私だ。言葉はちゃんと丁寧に扱わなきゃいけないって知ってるのに」

言葉は一度口に出してしまったら元には戻らない。言葉には言霊(ことだま)という霊力が宿っている。幸せを寿げば(ことほげば)、本人も告げられた方も幸せな気持ちになるし、逆に呪詛(じゅそ)の言葉は不幸をもたらす。特に結は、他所(よそ)の子ども以上に厳しく躾(しつ)けられてきたはずだった。

「私の場合、言葉は本当に力を持つ魔法になるから」

「安心しろ」

「え」

ぽすんと大きな手が頭の上に乗ってきて、結はカチンと固まった。

え？　え？　えっ？

「これでもK大法学部現役合格者だ。物理赤点ギリギリの高校生にバカ呼ばわりされたって痛くも痒（かゆ）くもねえよ」

慧の手は、結の髪をくしゃりと掻き混ぜて離れていった。

「つか、俺も悪かった。魔法のこと、便利な道具みたいな言い方して。ここ何日か先生のこと見ててわかってたのにな」

「あ、あのさ」

結はくしゃくしゃになった髪を撫でつけながら慧を見上げた。

「なんで信じてくれたの、魔法のこと」

「なんでって……」

「お父さんが関係してる？　おばあちゃんのこと知ったのも、お父さんに聞いたからでしょう？　でもどうして弟子入りだなんて……」

勢い込んで尋ねた結は、そこではたと気づいて再び「うわっ、ごめんなさい！」と頭を下げることになった。たとえ身内だったとしても、依頼者に関わる情報を詮索してはいけない――。互いの信頼関係がなければ成り立たない仕事でもあるのだ。

「い、今のなし！　いいの、答えなくて！」

結の唇には、仕分けをしながらちょこちょことつまみ食いをしていた赤い木の実の汁がついている。ラズベリーなのかブラックベリーなのかはわからない。もしかすると……しなくとも、その両方なのかも知れない。

「……聞いたのは親父の秘書からだ。なにをバカなことをってぼやいてたがな」

目を眇めながら話す慧の表情は硬い。

じっと見つめている結に気づいたのか、慧は大鍋の火を止めた。

「ほら、これで終わりだ。先生呼んでくるわ」

「あ、う、うん」

大きな背中を見送りながら、結の手は無意識に髪に触れていた。

慰めて……くれたのかな？　頭なんて、子どもの頃お父さんに撫でてもらった記憶しかない。嫌なやつだって決めつけてたけど、そう悪い人じゃないのかも……。

ちょっと前に慧と睨み合ったのを反省していると「どれどれ」とセツがやってきた。

「こっちはどうだい？」

ラズベリー、ブラックベリー、ハックルベリーにブルーベリー。種類ごとに仕分け、下ごしらえをしていた鍋を覗き込んだセツは「いいね」と満足そうに頷いた。

「まずはブルーベリーのジャムを作ろうかね。煮ている間にマフィンも作れるね。……どうした？」

「え？」

「ぼんやりして。疲れたのかい？　だったら手伝うのは明日に……」

「ううん！　大丈夫。おばあちゃんのマフィン大好き！　私ジャム作るよ」

「焦がさないでおくれよ」

「うんっ」

結は頭の中から慧を追い出すように明るく返事をすると、木べらを手に立ち上がった。毎年恒例のジャム作りは、結にとっては慣れたものだ。冬に備えて長期保存するため、砂糖もたっぷりと使う。常温でも保存の利く、しっかりとしたジャムだ。大きなホーロー鍋を火にかける。

「俺はタフィーの散歩に行ってきます」

「ああ。頼んだよ」

台所の窓から射し込む陽の光が柔らかさを帯びてきた。いつの間にか聞こえてくる蝉の声もヒグラシに変わっている。夏は思ったより日が暮れるのが早い。結は夏の夕暮れが好きだ。一日の終わりを惜しむかのように、薔薇（ばら）色から茜（あかね）色へと変化していく空の色も。

「ねえ、おばあちゃん」

セツからの返事はないけれど、ちゃんと結の話を聞いているのがわかる。

「私、この間の三者面談でちゃんと言えなかった」

『なんだ、第一志望抜けてるじゃないか』

『はあ……』

『第二、第三志望は公立大か。他に狙ってる大学があるのか？』

『あー、えーっと……』

『八月一日、迷ってる時間はないぞ。もし第一志望の偏差値が高いなら、それに向けてがむしゃらに勉強しなければならない。もう遅いくらいだ』

『……はい』

夏休み最初の日の三者面談で、結は第一志望を記入しないまま提出した。学校からの帰り道、香住はしょうがないわよねえ、と笑いながら肩を竦（すく）めた。

『やあねえ。第一志望は魔女です、なんて書けないわよねえ』

違うんだよ、お母さん。私、私本当はね……。

「魔女になりたくないってわけじゃないの。でも、絶対になりたいってわけでもなくて。そんなんで、このまま魔女になってもいいのかなって……」

ふつふつとブルーベリーが煮えてきて、甘い匂いが漂ってきた。

「おばあちゃんは考えたことある？　魔女になるって決めたとき。家のこととか、これからのこととか、色々……」

「そうさねえ」

セツは小麦粉にバターと卵を入れて、掻き混ぜながら答える。

「あたしらにとっちゃ、呪いみたいなもんだからね」

「え」

「そりゃそうさ。八月一日の家が栄えてきたのは魔女の血あってこそだと言われている。言われているだけで、本当かどうかはわからない。噂みたいなものさ。あいにくそれを試した者はいないが、あたしらは魔法の力を嫌というほど知っている。事実、八月一日家は、代々苦境に立たされることもなく栄えてきた。おまえさん自身の環境を見てもわかるだろう。試してみたいと思う人間なんているもんか。言ってみれば、最初から他の選択肢なんてないのさ。それがあたしらを縛る呪いだ」

「呪い……」

「ああ、ほら。焦げちまうよ」

「あ、はいっ」

結は慌てて止まっていた手を動かす。

「だけど、あたしは知っているのさ」

セツはパラフィン紙のカップにマフィンの生地を流し込むと、その上にブルーベリーの実をいくつか載せた。キッチンに備えつけのアンティークなオーブンに入れたら、あとは焼き上がりを待つのみだ。

「魔法は魔女の血の中に確かに流れている。あたしらにとっては呪いの力でも、魔法の力で誰かを笑顔にすることもできるんだってね」

そう言うと、セツは煮立っているジャムの鍋を覗き込みながら『よくお聞き』と言った。その言葉はとても古い言葉で、妖精の世界の言葉だ。

『緑のご馳走、大地の祝福。一口食べれば笑顔になる。二口食べれば力が溢れてくる。

魔女の契をもって命じよう』

言葉は言霊となってセツの唇から零れ落ちる。言わばささやかなスパイスのようなものだ。言霊はキラキラと光り輝きながら鍋の中へと消えていった。

毎年、ふもとの村には、この手作りのジャムを楽しみに待っていてくれる人がいて、体調のすぐれない人や気落ちしている人には無償で提供している。大量に作るジャムやソースには、元気になる魔法と共に、セツのやさしさが込められているのだ。

「もしおまえさんが別の道を見つけたなら、あたしはそれでもいいと思ってるんだよ。なあに、文句を言われたら、向こうの世界に行って直談判でもしてやろうかね」

「おばあちゃん……」

「なに情けない顔をしてるんだい。ほらほら。いつまで掻き混ぜてるつもりだい。それじゃあ粒の食感が台無しになっちまうだろう」

「は、はいっ」

でき上がったジャムは、熱いうちに瓶に詰め、もう一度、瓶ごと湯煎にかけて真空状態にしたら完成だ。

「休んでる暇なんかないよ。明日もたくさん色づくはずだからね。はい、次だよ」

「はい！」

向こうの世界――。魔女の魂は妖精の世界とこっちの世界に半分ずつ。魔女が命の限りを尽くしたとき、妖精王が魂の半分を迎えに来ると言われている。残された半分は石となり、次の代の魔女へと手渡される。

セツの首にも小さな柘榴石（ガーネット）がある。石の種類は様々で、生前の魔女の性質によって変化するという。今の結と同じように、セツにも魔法を教えてくれた魔女がいたのだ。

あと一年もしないうちに、結は進路を決めなければならない。

マフィンの焼ける匂いと、ジャムの甘ったるい匂い。

手元に夕暮れの濃い影が落ちてきた。じっと見ていると、呑み込まれそうになる。

遅い夕食は、夏野菜の天ぷらと冷奴（ひややっこ）。豆腐にはトマトを刻んだ中華風のタレがかけてあり、日頃豆腐なんておかずにならないと思っていた結でもおかわりしたいほどだった。作ったのはセツと慧だ。もちろん、天ぷらがセツで、慧は冷奴（ひややっこ）。明日からは結も手伝う。

それにしても気まずい。セツの家には気まずさを紛らわせるテレビがない。扇風機が温(ぬる)い風を掻き回す中、三人とも無言のまま黙々と箸を動かしていた。

セツと二人だけなら、家族のことや学校のことを話すのだが、なんとなく話題にするのもはばかられた。たった一人、知らない人間がいるだけでこんなにも空気が変わるなんて……。もぐもぐと口を動かしながら、結は斜向(はすむ)かいにいる慧をちらりと盗み見た。

「ごちそうさまでした」

先に食べ終えた慧が、茶碗を下げに立つ。結は耳を全開にしながら、ギシギシと軋(きし)む足音が台所へと行ったのを確認すると、大きな溜息を吐き出した。

「なに緊張してるんだい」

「き、緊張なんてしてないよっ」

セツに図星を指されて、慌てて返す。

セツはふんと鼻を鳴らすと、急須に残っていたほうじ茶を茶碗に注いだ。昔からセツは食べ終わった茶碗にお茶や湯冷ましなどを注いで飲む。こうすると茶碗にこびりついたご飯粒がきれいに取れるのだ。セツは箸でご飯粒をこそぎ落とすと、中のお茶をご飯粒もろとも飲み干した。さてと、とセツが立ち上がる。

「明日の朝は安西（あんざい）さんが来るからね。おまえさんもちゃんと支度をしておくれ」

「はい」

安西さんというのは、この辺りの農家から集めた野菜や果物を売っている直売所の店長だ。セツの野菜に惚れ込んで、是非うちの直売所にと声をかけてくれたのが安西だ。安西の奥さんは現在妊娠中で、セツの野菜がないと夜も日も明けないと豪語している大ファンでもある。畑で採れた野菜は八月一日の名前で出荷され、瞬く間に売れてしまう。同じ野菜でも、セツの畑で採れたものは、味が格段に違うのだ。

一人残された茶の間は急に広く感じた。身じろぐ音がやけに大きく響く。子どもの頃からまるで変わらない部屋。畳の匂いに混じるかすかなお線香の香り。やさしかった祖父の遺影が飾られた仏壇。遺影に写る祖父の笑顔も変わらない。

けれどカレンダーの年号は令和を迎え、確かに時は刻一刻と過ぎていく。変わらないものなどないのだ。自分もこのままではいられない。なのに、ずっと同じ場所に佇（たたず）んだままだ。

裏の林が風に揺れる葉ずれの音に混じり、夜鷹の声が聞こえた。
月の出ない夜は長く、先の見通しは闇に隠れてまるで見えない。

赤いトマトと緑のトマト

……眠れない。

結は何度目かの寝返りを打つと、胸のつかえを吐き出すように溜息をついた。

住宅街にある結の家とは違って、山の中にあるこの家は、日中の暑さが嘘のように朝晩は涼しい。障子戸を少しだけ開け、肌掛けをかけて横になる。どの部屋もすだれが垂れているだけで窓は全開。もちろん鍵なんかかけていない。泥棒の心配をする必要は皆無で、第一盗られて困るものもなにもない。田舎ならではの暢気さだ。草陰からジージーと虫の声が聞こえる。

祖母と自分の他にもう一人の存在がいる。それがなぜこんなにも気になるのかわからない。わからないけど気になる。堂々巡りだ。

「あーっ！　もー、無理！」

結はすでに丸まっている肌掛けを蹴飛ばすと、むくりと起き上がった。こんな状態じゃ眠れるわけがない。

「……喉渇いた」

畳に敷いた布団の上に座り込んだ結は、寝るのを諦めた。障子戸を開けて部屋を出る。向かいのセツの部屋は灯りが落ちて、すっかり寝静まっている様子だ。

結は時々ギシッと軋む縁側を抜けて台所へ向かった。台所には昼間のベリーと砂糖の甘い匂いが残っている。

「アイスは……、やっぱないよねー」

冷蔵庫の中身を物色したところで、あるのはいくつかの野菜と晩御飯で残った惣菜。けれど、結の目的は別のものだ。

「あった。これこれ！」

レモンシロップの瓶を発見した結の頬は、にんまりと緩んだ。黄金色のレモンシロップは、冬の間に収穫されたレモンをたっぷりの蜂蜜で漬けたものだ。レモンも自家製なら、蜂蜜も一〇〇パーセント天然もの。希少な日本ミツバチの蜂蜜は、ミツバチたちから少しずつ分けてもらったものだ。

「あ。炭酸水がある」

珍しいこともあるものだと思いながら、思わぬ発見にホクホクしながらコップにシロップを注いだ。いい匂い。そこへ炭酸水を入れる。プシュッとガスの抜ける音。しゅわしゅわと弾ける泡にうっとりしていると「美味そうなもん飲んでるじゃねえか」と低い声がして、結の心臓は跳ね上がった。

「ひいぃっ！」

「ふーん」

慧はシンクの上のレモンスカッシュを見ながら、ずかずかと近づいてくる。

「な、な、なによっ」

びっくりして全身の毛穴が開いたと思う。バクバクと口から飛び出してきそうな心臓を押さえ、思わず身構えた。

「それ」

慧は長い腕をシンクへと伸ばし、結を囲うように閉じ込めた。

慌てたのは結だ。精一杯身体を小さくし、それでもしっかりレモンスカッシュは離さない。離してたまるもんですか！

「俺のなんだけど」

「へ？」

結はきょろきょろと目を泳がせた。

「お、俺の……？」

「炭酸。あーあ。せっかくソーダ割りにして飲もうと思ってたのに」

ソーダ割り？

「今作ったけど……」

「バーカ、違うっての。ったく、これだからお子さまは」

むっ。むむむっ、と結の眉間に皺（しわ）が寄る。前言撤回！　やっぱり慧とは相性が悪い！

「ちゃんと名前書いておかないのがいけないんでしょ」と反撃はするものの、勝手に飲んだ自分も悪いかなと思った結は、むっとしながら慧のレモンスカッシュを作り始めた。

作ればいいんでしょ、作れば。ちょっとくらいいいじゃん。ケチ。ケーチケーチ！と胸の内で悪態をつきながら「邪魔」と、慧の胸をぐいっと押してようやく抜け出した。結より頭一つ半ほどは大きい長身の慧に近づかれるだけで、圧迫感を覚えてしょシュ。

氷を浮かべると、炭酸の弾ける音がした。シロップ多めの、少し甘いレモンスカッ
シュ。

「はい、どうぞ」

結は腕を組みながら偉そうに突っ立っている慧の手に、コップを押しつけた。これ
で貸し借りなしだ。

結はレモンスカッシュを手に、縁側へ移動することにした。途中、玄関で寝起きし
ているタフィーが結の気配に気づいて頭を上げる。

「いいよ、タフィー。寝てて」

タフィーは耳を動かしたが、言葉を理解したように再び寝る体勢に戻った。

外は十六夜の月明かりに照らされていて、ずいぶんと明るい。結は蚊取り線香を引
き寄せると指先を近づけた。ぽう、と小さな火が生まれ、煙がたゆたう。これくらい
の魔法なら朝飯前だ。

縁側に腰を下ろし、沓脱石にあったサンダルを引っかける。レモンスカッシュをひ
と口。

「美味しー」

小さな幸せに浸っていると、ギシリとすぐ隣の床がへこんだ。慧がコップを片手に結の隣に座る。

うわ。なんでこっちに来るのよっ。パーソナルスペースが狭い。結はレモンスカッシュをちびちびと舐めながら、もぞもぞとおしりで距離を取った。

「確かに美味いな」

カラン、と氷の澄んだ音を立てながら、慧は思わずといった体で呟いた。

「でしょ？　おばあちゃんのシロップは世界一なんだから」

自分が作ったわけでもないのに、鼻高々に自慢すると、慧が「くっ」と喉の奥で笑った。

「……なに？」

「いや。案外素直だなあと思って。おまえ、ばあちゃん子だろ」

「わ、悪い？」

褒められると、嬉しいのに反対の言葉が出る。これじゃあ全然素直じゃないと思いながら、照れ隠しもあって唇を尖らせた。

「先生から聞いた。魔女の血は祖母から孫へと伝わるんだって？」

「そう……だけど」

「いいよな。血だけでそんな力が手に入るなんて」

血だけで――。

もちろんそれは大前提だが、それだけで魔女になれるわけでは決してない。代々口承だけで受け継がれてきた言の葉。もしどこかひとつでも間違えようものなら、そこで言の葉は消えてなくなる。ひと言ひと言を大切に守ってきたからこそ、魔女の血は次の代へと伝えられてきたのだ。まるでなんの努力もしていないみたいな言われように、結はむっとした。

だからと言って、いちいち弁明するつもりもない。わかってもらおうなんて思ってなかった。これは魔女だけが知り得ることだから。

「あんただって大臣の息子なんでしょ？　なのにどうしてこんなとこで下働きの真似ごとなんてしてるのよ」

「大臣の息子か……」

ふっと鼻だけで笑う。形のいい唇の端を引き上げ、自嘲するような笑みを浮かべる。

「周りは皆そう言うよ。本妻の息子が死んでからは」

「え」

「俺は親父が外に作った子どもなんだ。愛人の子？　まあ、そういうこと」

慧は一瞬だけ結を見ると肩を竦めた。

「母親と妹と三人で暮らしてた。妹もさ、父親が違うんだ。けど、そんなことどうでもよかった。すっげえ可愛くて、いっつも俺の後くっついてきて」

遠く、懐かしむような視線。

「俺の家族はあいつだけだった」

ぽつりと落ちた言葉は、夜の闇の中へと吸い込まれていく。

「母親は一人で生きていけないタイプの女でさ。いつも男をとっかえひっかえしてた。俺の中学の入学式のときも、男と出ていったきり帰ってこなかった」

中学生になったばかりの慧の姿が目に浮かぶようだった。まだ少年の、柔らかくて傷つきやすい心を持った慧が、ぽつんと佇む姿。

「そのとき、親父の秘書だっていうやつが現れた。親父は、本妻の息子が留学先の事故に巻き込まれて死んだとかで、急に俺を思い出したらしい。実の息子が死んで二日後だ。葬式も済んでないってのに、あいつの頭の中にあるのは跡取りのことだけだったんだ」

ギリッと奥歯を噛みしめる音がした。

「俺は入ったばかりの中学をその日のうちに辞めさせられて、私立の中学に転校させられた。それからだ。周りは俺を大臣の息子って呼ぶようになった」

コップを傾けた慧の喉仏が上下に動く。

「まあでも、俺もほいほい言うことばっか聞いてるつもりなんてなかったからな。妹の資金援助と交換に、大臣の息子でいることを受け入れることにしたんだ。それならフェアだろ？」

血……。親子の血。家族の血。魔女の血。

望むと望まざるとにかかわらず、否応なくついて回る呪い――。

「……それでいいの？」

それでいいのだろうか。両手で包み込んだコップの中には、すっかり小さく溶けた氷の欠片（かけら）が、ゆらゆらと浮かんでいる。結が考え込んでいると「なーんつって」と笑いを含んだ声がした。意地悪く口端を吊り上げた慧が結を見ている。

「信じた？」

「……は？」

「やっぱ信じたかあ」

くつくつと笑う慧に、結は口を小さく開いたまま絶句した。まるで鳩が豆鉄砲を食ったような顔に、慧はぶっと噴き出す。

「残念だけど、俺は正真正銘親父の息子だから。大臣の息子、大いに結構。将来は安泰だ」

はあ？　どういうこと？　もしかして今の話は全部嘘？

気持ちが沈んだのは一瞬で、怒りが間欠泉(かんけつせん)のごとく噴き出してきた。一瞬でもいいやつかも、なんて思った自分を殴り飛ばしたい！

「あのねえ！」

絶句していた結がようやく口を開くと、慧はよっと勢いをつけて立ち上がった。

「おまえ、進路に悩んでるんだって？」

ぐっと言葉に詰まった。

「……ずるいよな、魔女の血とか」

「え？」

「そんな奇跡みたいな力、どれだけ願っても手に入らない」

慧の視線の先には、ふわりふわりと小さな光が浮かんでは消えていた。庭の先に流れる清流に住む蛍だ。

慧はぽかんと口を開けたままの結に気づくと、きまり悪そうに視線を逸らした。コップに残ったレモンスカッシュを飲み干すと、ガリガリと氷を噛み砕く。

「お子さまは早く寝ろよ」

そう言ってくるりと背を向けると、足音を立てながら台所へと消えていった。

奇跡みたいな力――。

慧は奇跡を起こしたいと願っているのだろうか。だけどおばあちゃんは慧の願いを叶えるつもりはなさそうだ。慧は奇跡と言ったけれど、私にとっては奇跡なんかじゃない。現実なんだよ。

「痛……っ」

ちくん、とくるぶしに痛みを感じて見ると藪蚊（やぶか）だった。ぱちんと叩いたところで、もう遅い。明かりに照らされて、噛まれた痕は見る見る赤く腫れ上がってくる。

「もお、なんなの！」

風に揺れた風鈴が、チリンと鳴った。


チャカシャカシャカシャカ。軽快な音楽がスマートフォンから流れ出る。

「んーあー」

ペタペタと手だけが音源を探して泳ぎ、探り当てると目覚ましを切った。上と下がまだ貼りついている瞼を無理やりこじ開けて「四時……」と唸る。カッコウや野鳥のさえずりに耳を澄ませながら三十秒……のつもりが、再び意識が遠退きそうになり、結はガバッと跳ね起きた。

「うわっ、ヤバ！」

周りを囲む山や森にも、乳白色の靄（もや）が立ち込めていた。群青色の空にはまだ小さな星が瞬いていたが、やがてはそれも消えるだろう。山の裾野はうっすらと茜（あかね）色に染まっていた。もうすぐ日の出だ。

夏の朝は早い。昨日まで青かったトマトは真っ赤に熟し、小さかったキュウリはにょきにょきと伸びている。ナスにカボチャ、とうもろこし。朝露にきらめく畑の恵みは、町の直売所のトラックが引き取りにやってくる。セツの作った農作物は、甘みが強く美味しいと評判で、八月一日と生産者名が記された野菜は、飛ぶように売れてしまう。

清々しい空気。澄んだ青空。まだ太陽が顔を出して間もない早朝五時。

「ウォン！」

タフィーがしっぽを振りながら真っ先に駆け寄ってきた。

「おふぁー」

年頃の女子高生とは思えない大欠伸をしながら、タフィーの頭を撫でて挨拶をする。

「後で遊ぼうね」

結の言葉に、タフィーは「ウォンウォン！」と二回吠えてくるりと回った。

そんなタフィーを引き連れて、結は家の裏にある物置小屋へと向かった。あった。

三輪車だ。三輪車といっても子どもの乗り物ではない。収穫した野菜を運ぶための、タイヤが三つついている運搬車のことだ。そこに、野菜を入れる籠をいくつか載せて畑に向かう。結の先を歩いていたタフィーは、ふんふんと土の匂いを確かめると駆け出した。

タフィーには毎日の日課がある。彼はこれから、畑と家の周囲をパトロールしなければいけないのだ。軽快に走っていくタフィーを見送りながら、結はもう一度大きな欠伸(あくび)をした。

結局、二時間しか眠れなかった。レモネードを飲んで気持ちをリセットするつもりが、感情が高ぶり余計に眠れなくなった。

それというのもあいつのせいだ。榊慧。一見、爽やかな好青年風のイケメンだが、なぜか結には好戦的だ。

「三十分遅刻だ、見習い」

ほら。ほらほら。途端にぴりっとこめかみに血管が浮き出た結だったが、なにぶん本当のことなので反論できない。慧の足元の笊(ざる)には、すでに艶々(つやつや)と光るナスがいっぱいに入っている。

おばあちゃんはと姿を捜すと、セツはガーデンハウスのすぐ脇でハーブを摘んでいた。目を凝らすと、セツの周囲にはたくさんの光の珠がふわふわと集まっているのが見える。妖精たちだ。妖精の力を借りながらハーブを摘む。そうすることでハーブの持つ力を最大限まで引き出し、薬を作ることができるのだ。今日は午後から、結も勉強を兼ねて薬を作る予定だ。

結は三輪車を停めると、ナス畑から離れたトマトの収穫に当たることにした。真っ赤に熟した実と、緑色の葉のコントラストがきれいだ。

ハサミで丁寧にひとつずつ収穫していく。ハサミを入れる度、辺りにトマト特有の香りが漂う。いい匂い。青臭さが苦手な人もいるけれど、結はこの青臭さが好きだ。思わず、すーはー、と深呼吸をしたとき、「ひとーつ、ふたーつ」と子どもの声がした。

「あれ？」

結の立っている畝の二つ先。トマトの葉の陰に小さな背中が見えた。白い半袖シャツに紺色の半ズボン。え？　どこの子？

安西のトラックが来たのかと思った。一緒に乗ってきたのなら頷ける。けれどトラックはまだ到着していない。村の子どもだろうか。だとしても、まだ幼稚園児ほどの子どもが一人でいるなんて。

「こっちは、どくだから、だめ。こっちは、だいじょぶ」

しゃがみ込んで一生懸命に並べているのはトマトだ。

結は驚かさないように近づくと、そっと声をかけた。

「ぼーく。なにしてるの？」

子どもがくるりと振り向いた。可愛い。大きくてビー玉みたいな目。柔らかそうな頬は桃色に染まっている。

「あのね。こっちは、どくなの。だからだめなの。でも、こっちは、だいじょぶなの」

小さな指が最初に指したのは赤く熟したトマトで、次に指したのはまだ青いトマト。足元を見ると、大小赤いトマトと未熟なトマトが並べられている。

「毒？」

子どもはこくりと頷く。

「あかいのは、どく。みどりは、だいじょぶ」

うーん、と結は唸った。男の子は再び地面に向き直ると「ひとーつ、ふたーつ」と最初から数え始めた。

「おい、どうした」

結の様子を不審に思った慧がやってきて、子どもを見ると驚いたように辺りを見回した。

「どこのガキだ？」

「わかんない。村の子じゃないと思う。見たことないもん」

「なんだよ、どういうことだ？　先生の客の子どもか？」

だがセツはハーブのところにいるし、誰かが訪ねてきた様子もない。慧は眉根を寄せると「おい、ぼうず」と声をかけた。

「おまえ、ママはどうした。どっから来たんだ？」

子どもは不思議そうな顔で慧を見つめると、首をかしげた。

「まま？」

「お母さんだ。ママ、お母さん、母ちゃん」

子どもは、わからないと言うようにふるりと首を振ると「こっちは、どく。でも、こっちは、だいじょぶ」と指差した。

「あー」

慧は眉尻を下げながら、前髪を乱雑に掻き上げた。お手上げだ。

「ちょっと待ってろ」

そう言うと、慧はナス畑へと行き、すぐにステンレスボトルを手に戻ってきた。

「おい、ぼうす。ほら、これ飲め」

蓋を取り、ずいっと差し出す。カランコロンと氷の音がする。子どもはぴょんと立ち上がると、土で汚れた手を気にする様子もなく、ボトルを受け取りこくこくと喉を鳴らした。

「おいしい。これ、すき」

満足そうに頷いて、にっこりと笑う。

「美味いだろう。先生特製のレモネードだからな」

「いつの間に……」

横目で睨んだところでどこ吹く風だ。

「すき。れもねー。これは、だいじょぶ」

ステンレスボトルの中で氷が鳴るのが楽しいのか、子どもはカラコロとボトルを振っては耳を当てる。結は膝を折って、子どもと同じ目線になった。

「ぼく、どこから来たの？」

すると子どもは「あっち」と指差した。けれども指の先には、道路とは反対の森と山があるばかりだ。

結は最初、子どもは妖精かと思った。彼らには独特の気配があって、この子にもなんとなくだがそんな気配を感じたからだ。だが、向こうの住人なら慧には見えないはず。となると、間違いなく人間の子どもということになるけれど……。

それにしては、さっきから毒だとか大丈夫だとか、子どもの遊びにしては物騒すぎる単語が聞こえてくる。

「先生に言った方がいいな」

結も頷いた。

「私、おばあちゃん呼んでくる」

踵（きびす）を返そうとしたときだった。車のエンジン音が聞こえてきた。安西の軽トラックだ。

「おはよう、結ちゃん！　今年もよろしく頼むよー」

トラックの窓から、運転手の安西が顔を出して手を上げた。

「おはようございまーす！」

顔馴染みの安西に、結も大きく手を振る。軽トラは畑を突っ切ると家の前に停まった。あとで安西さんにも聞いてみよう。なにか知ってるかも。そう思って振り返った。

「あれっ」

結はきょろきょろと辺りを見回した。

「いない！　あの子は？」

慧も慌てた様子で捜し回ったが、どこにもいない。わずか数秒間目を離しただけだ。子どもの足でそう遠くへ行けるはずはない。なのにキュウリの陰にも、ズッキーニの畝(うね)にもいない。慧も眉根を寄せて考え込んでいる。

「……人間だったのか？」

やはり慧も同じことを考えていたようだ。

「間違いなく人間だったよ」

「じゃあ、どこに消えちまったんだ？」

消えた――。たぶん、それがぴったりとくる言葉だ。足元には、子どもが真剣な顔で遊んでいたトマトだけが転がっていた。

「五歳くらいの男の子ねえ。深山にゃ川名さんとこに孫がいるけど、たく坊なら結ちゃんも顔知ってるだろ？　あとは哲生んとこの息子だけど、あれはもう小学生だ」

安西に訊いてもわからなかった。

「まさか誘拐とか……」

可能性はゼロじゃない。寒くもないのに両腕が粟立った。「おい」と慧が顔をしかめる。

「だって……」

まあまあ、と安西が二人の間を取り持った。

「一応駐在所で確認してみるよ。けどなあ。その……、あっちの人ってことはないのかい？」

なぜか安西は声をひそめながら、セツを窺った。

「ないね」

セツは即答だった。

「けど、消えちまったんだろ？　それってやっぱり……」

安西は真剣な表情をしているが、その目は期待を秘めているように輝いている。安西はセツの野菜だけじゃなく、向こうの世界にも興味津々なのだ。信じてくれるのは嬉しいが、不思議なものや不可解なものに目がなくて、野菜を卸し始めた最初の頃は、魔法を見せてくれとしつこくつきまとってはセツに叱られていた。

「ないよ。慧が見てるからね」

「やっぱそうかあ」

がっくり、と安西が肩を落とす。

「わかったよ。じゃあ、とりあえず駐在所に連絡して、村の連中にはそれから確認してみるよ」

「はい。お願いします」

結は頭を下げた。

これで話は終わったとばかりに背を向けたセツは「ああ、そうだ」と不意にその足を止めた。

「帰りにトマトを持っていきなさい。お腹の赤ん坊の栄養になる」

山盛りのトマトの上に、セツは足元に転がっていたトマトも載せて安西に手渡した。そこにはまだ青いトマトもあった。トマトは追熟する。だが、セツはいつも真っ赤に熟したトマトしか収穫しない。鮮やかな赤に翡翠色の青を載せられたとき、安西は一瞬不思議なものを見るように視線を落としたが、すぐに嬉しそうな笑みを浮かべた。

「いつもすみません」

ぺこぺこと頭を下げる安西に、セツはもういいよと言うように、ひらりと手をそよがせた。

「さあて、結ちゃん。今日は少し遅くなったからね。スピードアップで収穫するよ」

そうだった。

「誰かさんが寝坊したからな」

横目で見ながら口端を上げられて、結はむっと唇を突き出す。だけど今は安西の言う通りだ。結は慌ててトマトの畝に戻った。

それから一時間。安西に手伝ってもらって、今日出荷する分の野菜はどうにか収穫できた。夏の野菜は成長が早い。一日放っておくだけで、種が入り売り物にならなくなってしまう。

「明日もよろしくねー」

軽トラの窓から手を振る安西に手を振り返し、結は畑を振り返った。

どこに行っちゃったんだろう。

――こっちは、どく。でも、こっちは、だいじょぶ。

舌足らずな、幼い声が耳の奥で繰り返される。

赤いトマトは、毒。青いトマトは大丈夫……毒じゃない。どういう意味なんだろう。

空の群青は次第に薄くなっていく。一匹の蝉がジーッと鳴き出したのを合図のように、今日も蝉たちがけたたましく鳴き始めた。

庭の西側にはハーブ畑がある。アニスやリコリスなどの、今が旬のハーブたちが競うように可愛い花を咲かせている。ガーデンハウスでは、そうした季節ごとのハーブを乾燥させ、また煮出したものを加工して保存している。ハーブを用いた石鹸やハーブティー、それに解熱剤や胃腸の調子を整えるといった常備薬もここで作られている。

漢方薬のようなものだが、そこに魔法の力を注ぎ込むので効果は絶大だ。薬は深山村の村民なら無償で分けているが、石鹸などの雑貨類は、ささやかだがセツの大切な収入源になっている。口コミで広がり、わざわざ遠くから訪れる人もいるほどだ。

　ネットで通販にすればいいのにと提案したこともあるが、「バカかい、おまえさんは」と、呆れたように片眉を引き上げられた。

「そんなことをしたら、あっという間に足りなくなっちまうよ。それに、ちゃんと相手を診(み)もしないで違う効果のものを売ったりしたら、大変なことになるだろう」

　古くから、ハーブは薬としての効果が認められてきた。ハーブといえばヨーロッパのイメージが強いが、日本のみならず、世界中どの民族もその地に根づいた植物を利用してきた。日本では馴染み深い紫蘇(しそ)や生姜(しょうが)、柚子(ゆず)やヨモギなどもそうだ。

　ガーデンハウスに入ると、様々なハーブの香りに包まれた。四方の棚に乾燥したハーブや、ハーブから抽出した精油の入った瓶が並んでいる。その精油を作るのが、目の前のテーブルに乗っている蒸留器だ。まるで科学の実験に使われるような奇妙な形をしている。

「おばあちゃん。今日は薄荷(はっか)油？」

「今年の夏は暑いからね。作っても作っても、あっという間になくなっちまう」

テーブルの上には、慧が洗ってきた薄荷が山盛りになっている。薄荷は西洋のミントではなく和種を使う。こちらの方が香りが強いからだ。

セツは小さなブーケを作っていた。オレガノにラベンダー、ユーカリにローズマリー。ハーブスワッグだ。香りもよく、そのまま吊るしておけばドライフラワーとしても楽しめるのだが、魔女が作れば別の効果も発揮する。

「魔除け？」

「それは美樹にね」

「美樹さんに？」

美樹は安西の奥さんだ。現在妊娠中で、秋には赤ちゃんが生まれる。それなら魔除けよりも安産の方がいいんじゃないかと考えていると、「そのうちわかるさ」とセツは言った。それは、今はわからなくてもいいということ。好奇心がないと言ったら嘘になる。けれど、こういうときのセツはなにを訊いても教えてくれない。結はこれまでの経験でわかっている。けれど、どうしてこんな強力な魔除けが美樹さんに必要なんだろう。

　ぼんやりしていると、すかさずセツの声が飛んできた。

「結。オレガノの効果と成分は？」

「抗酸化作用、抗菌作用。で、えーっと。抗酸化だからビタミンE。あとビタミンC」

「魔除けの効果は？」

「水難避け。あ、水の妖精の悪戯撃退！　妊婦さんの強い味方！」

「ユーカリは？」

「抗菌、抗炎症作用。あと、リラックス効果」

「ローズマリーは？」

「抗菌、抗酸化。血行促進。消化促進。それから抗鬱作用！」

　ふん、とセツは満足そうに鼻を鳴らした。やった！　合格だ。

「喜ぶのはまだ早いよ。今日はおまえさんだけで薄荷油を作ってもらうからね」

「えーっ」

「えーじゃないよ、まったくこの子は」

　結が思いっきり脱力していると「先生」と慧がやってきた。

「採ってきました。これですよね」

「ああ、悪いね」

慧が持ってきたのは、蔓で編んだ籠のようなものだ。バレーボールほどの大きさの丸い植物。鳥の巣にも見えるがちょっと違う。

「おばあちゃん、これは？」

「これは宿り木さ」

「宿り木って、冬の間妖精たちの住みかになるっていう？」

へえ、と結は宿り木を手にしてまじまじと見る。いくつも枝分かれして緑の葉を茂らせている様は、確かに妖精たちの寝床になりそうだ。

「なにに使うの？」

「さあてね。ちょっとした贈りものになればいいねえ」

「贈りもの？」

美樹さんに？　結が首をかしげていると「結。薄荷油はどうしたんだい」と目視で蒸留機に注意を促された。

「もたもたしている時間はないよ。さっさとおし」

そうだった。

「はあい」

結が仕方なく返事をすると、慧がにやりと笑いながら出ていった。その顔にはしっかりと『見たぞ』と書いてある。くっそう。いちいち可愛くない。

蒸留器に薄荷を詰め、オイルを抽出するための冷却水を入れて火にかける。やがてふつふつと茶色い泡が出てくると、清涼感のある香りが立ち上ってきた。抽出したオイルは、抗菌効果のあるティートゥリーと合わせて、バスオイルや虫除けスプレーを作るのだ。

さて、ここからは魔法が大活躍する。まずは蒸留するための冷却水を、常に冷やしておく魔法だ。

コホン、と軽く咳払いをして背筋を伸ばす。セツは見ないふりをしているが、ハーブスワッグを作る手は止まっている。一言一句逃さないとばかりに聞き耳を立てているに違いない。古くから魔女に伝えられてきた言の葉を紡ぐ。要約すると『わたしがいいと言うまで同じ温度で冷やしておきなさい』という意味だ。

言の葉が冷却水に吸い込まれてかすかに光を放つと、再びセツの手が動き出した。よかった。合格だ。

「ねえ、おばあちゃん。その贈りものって、美樹さんに……」

「結。早いとこ慧と一緒に残りのハーブも洗ってきておくれ」

セツの毅然とした態度は、一切の質問を受けつけないと言っている。結は仕方なく「はぁい」と返事をした。不承不承だ。

なんだかもやもやする。すっきりしない。ドアに手をかけて振り返った結に、セツはしっしと追い払うように掌をそよがせた。わかってる。おあずけだ。

「……行ってきます」

ハーブ畑から歩くこと五分。清らな音を立てて流れる小川がある。山の頂から湧き出てくる天然水の小川だ。もちろん飲むことだってできる。セツの家の水道はこの湧水を引いている。結をいち早く見つけたタフィーが、嬉しそうに吠えながら尻尾を振って飛んできた。薄荷を洗っていた慧は顔を上げると、いかにも迷惑そうな顔で結を見た。こっちも好きで来たんじゃないですからね。

「ウォン、ウォン！」

「タフィー、お手伝いしてくれてるんだね」

「そうだ。こいつがいるからおまえはいいぞ」

……マジ可愛くない。

「こっち、まだ洗ってないんでしょ」

結は笊を抱えると、サンダルのままザブザブと川の中に入り、向こう岸へと渡った。

川幅約二メートル。深いところでも、ふくらはぎの真ん中あたり。だが、とんでもなく冷たい。

「ひえーっ」と縮み上がると、タフィーも水しぶきを撥ね上げながらついてきた。火照った身体を思う存分水の中で冷やせる川は、タフィーのお気に入りの場所だ。

「タフィー、水遊びは向こうでやって」

川下を指差すと、タフィーは「わかってるよ」と言うように一声吠え、バシャバシャと水の中を駆けていった。

「あいつ、すげえな」

慧がタフィーを見ながら感心したように言った。

「飼い主に似て、お利口さんなんだよ」

「先生にな。道理で」

む。結の口がへの字に曲がる。ぶっと慧が噴き出した。声を上げて笑う。

「ちょっと！」

「おまえ、わかりやすすぎ」

けらけらと笑う慧に、結は目を見開いた。

いつも眉の間に縦皺(たてじわ)を刻んで、目が合えばじろりと睨まれる。

『俺の家族はあいつだけだった』

どこまでが本当で、どこからが嘘なのかさっぱりわからない。人を食ったような態度で、バカにするような笑い方しかできないんだと思っていた慧が、楽しそうに笑っている。

「やべ。ツボった」

「……笑いすぎだし」

むっとして呟くと、また噴き出して笑う。

なぁんだ。この人、ちゃんと楽しそうに笑えるじゃん。いつも仏頂面ばかりしている慧の笑顔を、結は無意識に凝視していたようだ。ひとしきり笑った慧は涙の滲(にじ)んだ目元を拭うと、じっと自分を見ている結に「見すぎだ、見習い」と顔を背けた。

戻った。なのに、結は唇の端がゆるゆると上がってくるのを抑えられなかった。

「……なんだよ」

「べーつに」

だって、慧の耳が赤い。チッと舌打ちをした慧に、結はこらえきれず笊を抱えたまま、右腕に顔を埋めて小さく噴き出した。笑いをこらえていると――。

「っ、冷た！」

顔に水をかけられた。

「ちょっと！」

「見習いのくせに生意気なんだよ」

「はあ？　押しかけ居候に言われたくありませんー」

「ふん。ガキ」

「あのねえ。私がガキだって言うなら、そっちはオジサンだよ。オジサン！」

「そういうとこがガキだっての」

「ふーんだ。そのうちハゲたら指差して笑ってやる」

「バーカ。ハリウッドスターを見てみろ。ハゲは今やクールなんだぞ」

慧がまた、結目がけて水を飛ばしてくる。くっそお！

結は笊を置くと両手で水をすくい、慧を目がけて思いっきり浴びせかけた。いち早く結の応戦に腰を上げた慧だったが、逆に腰から下に結構な量の水がかかった。ざまあみろと腰に手を当てて慧を見下ろす。

「ハゲたら涼しそうだしね」

「失礼なやつだな。全国のハゲの皆さんに謝れ」

「ほーら、自分だってハゲって言った」

「ハゲをハゲと言ってなにが悪い」

それからはもう、ハゲと水のかけ合いになった。そこにタフィーも参加してきたから大騒ぎだ。結果二人と一匹は全身ずぶ濡れになり「ぷっ」と、どちらからともなく噴き出すと、結はお腹がよじれるほど笑った。

「あー、お腹痛い」

目尻に浮かんだ涙を拭っていると「しっ」と、突然慧が唇に人差し指を立てた。タフィーもすっくと畑の方を見据えて、耳を澄ませている。

なに？　結も目を凝らした。

辺りが不意の静けさに包まれたとき、遠くのカッコウの声と共に、それは聞こえてきた。

「こっちは、どく。こっちは、だいじょぶ」

あの子だ。タフィーの足が、かさりと草を踏んだ。

「タフィー。待て」

怖がらせちゃいけない。タフィーは飛びついたり、ましてや噛んだりは決してしない。だけどタフィーの大きさは、子どもの目からすれば牛か馬にも匹敵する。タフィーは結の顔を見上げると、わかってるよと言うように、口の中で「ワフッ」と小さく鳴いた。

おばあちゃんはと小屋の方に視線を移すと、セツも気配に気づいたのか、ガーデンハウスから出てきたところだった。セツは結に頷いて見せると、ゆっくりと歩いていく。結と慧も声の聞こえたトマトの畝へと向かった。

「あおいの、だいじょぶ。こっちのも、あお、なの」

やはり、昨日と同じ子どもがいた。午後になって陽射しも強くなり、今朝は未熟だったトマトは真っ赤になっている。

「青いのは大丈夫なんだね？」

セツが声をかけた。子どもは驚くでもなく、しゃがんだまま首だけを動かしてセツを見上げた。

「あおは、だいじょぶ」

「なら、赤いのはどうだい？」

子どもは、ふるふると首を振った。

「あかいのは、どく」

「そうかい。それは困った。それじゃあ……」

そう言って、セツがエプロンのポケットから取り出したのは、さっきの宿り木の枝だった。

「おまえさんにいいものをあげよう。これを持ってお帰り」

子どもは大きな目でじっとその枝を見ていたが、立ち上がるとセツの手からそれを受け取った。小さな手でぎゅっと握りしめると、セツ、結、慧の順に視線を移し、くるりと背中を向けた。そのまま畦(あぜ)をパタパタと駆けていき――。

「……消えた」

周囲の緑に溶け込むように消えてしまった。

「おばあちゃん。あの子、人間じゃないの？」

まさか幽霊？　と結は慌てたが、セツはふるりと頭を振った。

「人間の子だよ」

「で、でも今……」

「半分はね」

「半分？」

結の問いかけに、セツの目が細められた。

「あれは取り替え子だ」

「取り替え子……」

取り替え子。妖精やトロールが、人間の幼子を攫っていくと言われている西洋の伝承だが、そんなことが本当にあるとは思わなかった。

「取り替え子？　なんだ、それは」

「んひっ」

慧に脇腹を小突かれ、思わず変な声が出た。

「ちょっと！」

むっとして抗議の声を上げたが「いいから教えろ」と睨まれる。だからなんで逆ギレするのよ！

「洗礼前……って言っても、日本じゃキリスト教の風習はあまり馴染みがないから、生まれて間もない赤ちゃんって考えでいいと思う。その赤ちゃんを妖精が攫っていくんだけど、その代わりに赤ちゃんそっくりな姿に変えた木の枝なんかを置いていくの」

「なんのために？」

「わかんない」

「はあ？」

「だってしょうがないじゃん。私もこんなの初めてだし。本当にあるなんて……」

「色んな伝承はあるがね。妖精のやることにあたしら人間が望むような正当な理由なんてないのさ。可愛い赤ん坊を見て自分らで育ててみたいだけ、なんてこともある。逆に、人間の方が両親に似てない子どもを妖精の子と言ったりね」

「つまり、さっきの子にも人間の両親がいるってことか……」

「さて」

慧が考え込んでいると、セツは重くなった空気を払うようにエプロンを叩いた。

「薄荷(はっか)は全部洗ったのかい？　早くしないと日が暮れちまうよ」

うわ、ヤバい。結は「すぐに！」と返事をすると駆け出した。

「タフィー、ごめーん！」

言いつけを守り、川岸でじっと待っていたタフィーに手を振る。慌ただしく走っていく結を見送りながら、慧は「先生」と言った。セツは慧の言わんとしていることがわかっているかのように顔を見ない。

「見ず知らずの子どものためには力を貸すんですね。どうしてあの子はよくて、俺はだめなんですか」

「おまえさんも早く薄荷(はっか)を洗っとくれ」

「先生！」

踵(きびす)を返したセツの背中は、慧の言葉を拒んでいた。

痩せてはいるが、七十七とは思えない凛とした後ろ姿。ひとつにまとめた白い髪の後れ毛が風にそよいでいる。

『だめだと言ったらだめだ。おまえさんは自分が楽になりたいだけだろう』

初めてセツと対面したとき、ぴしゃりと言い放たれた言葉が耳の奥で再生される。

慧はぎゅっと拳を握りしめた。諦めないからな、と口を一文字に結んだまま、慧はタフィーと楽しそうな笑い声を上げる結の元へと歩いていった。


翌朝。直売所に出荷する野菜を採り終えると、セツは「暇なときでいいから、ローションを取りに来るよう言っとくれ」と安西に伝言を頼んだ。

「いやあね、セツさん。私がいつも暇なの知ってるでしょ」

あははは、と大きな口を開けて笑う美樹は、午後になるとさっそく安西を伴ってやってきた。

「これは桃の葉の入浴剤。汗疹(あせも)が引く。それからこっちは薄荷(はっか)の虫除け。効果のほどはわからないけどね」

「わからない？」

「作ったのは結だ。まあ、初歩的な魔法だからね。間違えようにも間違えられないけど、よかったら使っておくれ」

「おばあちゃん……！」

　恥ずかしさで顔を赤くしながら、結は抗議の声を上げた。

「結ちゃんも腕を上げたわね。セツさんのお墨つきなら大丈夫。もう立派な魔女だわ」

　ガーデンハウスの中は蒸留した薄荷の匂いに満ちている。でき上がったオイルと薄荷水はそれぞれ瓶に入れて、間違えないようにラベルを貼った。夏は薄荷の葉を練り込んだ石鹸や入浴剤も人気だ。結が作った薄荷水には、魔法がかけられている。ワンプッシュで半径二メートル以内に蚊などの害虫が近づけないよう、匂い成分を強化してあるのだ。

「毎年、セツさんの作ってくれるローションには本当に助かってるのよ。汗疹に効くだけじゃなくて、肌もさらさらになるし。今年は特に、ね」

　そう言って、美樹は大きく張り出たお腹を撫でた。

「美樹さん、なんだか急にお腹が大きくなった気がするね」

「そうでしょう？　この頃食べすぎちゃって。義母がお腹の赤ちゃんの分もって、二人分食べさせるもんだから。いやあねえ。赤ちゃんが食べるんじゃないのに」

肩を竦める美樹は、実はこれが初産ではない。安西と美樹の間には、先天性の病気で死んでしまった子どもが一人いる。その子は二歳の誕生日を迎える前に天国へと旅立ってしまったのだ。

それから三年。ようやく次の子どもを授かったが、美樹以上に姑が熱心になりすぎているようで、さっきから美樹の愚痴は止まらない。

結婚してからというもの、美樹は嫁姑の確執に悩んでいた。田舎では珍しくない長男の嫁姑問題だが、美樹は精神的にかなり追い詰められていたと聞く。町からも遠く離れた山間にある深山村には、よくも悪くも昔からの古いしきたりが根強く残っているのだ。

「ちょっとでも残そうものなら、もう大変。具合が悪いのかとか、早く横になれだとか。心配してくれるのはありがたいけど、そばであれこれ言われる方がストレスよ。そのうち入院させられちゃうかも」

「母も悪気はないんですけど、なんでも口に出して言っちゃうもんだから」

安西が気まずそうに頭を掻いた。

「また病気の子が生まれてきたらどうするんだって言うのよ。それでも悪気がないって言うの？　悪気がなければなにを言ってもいいって言うの？」

　安西を睨みつける美樹の目が険しい。喋っているうちに、怒りが込み上げてきたようだ。いけない。美樹の身体に障ると感じた結は「ね、美樹さん。このレモネードすっごく美味しいの。おばあちゃんの手作りだよ」と言いながら、コップにレモネードを注いだ。

「え。あ、そう。セツさんの手作りならいただくわ」

「安西さんも。どうぞ」

「すいません」

　喉を鳴らして嚥下する二人は、ここへ来てからというもの、互いの顔を見ようともしない。あまり良好な関係とは言えないようだ。

　本来結の知る美樹は、からっとした性格の明るい女性だ。妊娠する前は、安西と一緒に野菜の収穫を手伝ってくれていたし、一人暮らしのセツをなにかと気遣ってくれてもいた。

　最初の子どもが亡くなった翌年の夏。今まで通り収穫の手伝いに来てくれた美樹は、時折ぼんやりとすることはあったものの、少しずつ立ち直ろうとしているように見えた。セツもなにも言わなかったし、むしろだいぶこき使っていたような気がする。

『働いてりゃ、余計なことを考えなくていいからね』

……おばあちゃん。

当時の様子を思い出した結は、ぶるっと肩を震わせた。

「お袋が心配してるのは、おまえだってわかってるだろう。今どきお百度参りなんて誰がやるっていうんだ」

「それは……」

お百度参りというのはあれだ。氏神さまに百日、あるいは百回参拝して心願成就を願うもので、なんとなくだがイメージはわかる。美樹も心当たりはあるらしく、言葉を濁した。

「だけど赤ちゃんができないのを一方的に私の責任みたいに言われるのはどうなのよ」

「だから悪かったって」

「私が言いたいのは、どうしてそのときあなたがちゃんと庇ってくれなかったのかってことよ。あなたったらお義母さんにへこへこするばっかりで」

「お、おい、美樹。こんなところで……」

溢れそうだった鬱憤（うっぷん）は、そう簡単に消えるものではないのだろう。

「結ちゃんも聞いて。結婚するときは、長男なんか絶対にだめ。優柔不断な男もよ」

「は、はあ……」

「子ども子どもって、私は子ども製造機じゃないんだから！　そんなに子どもが欲しいなら自分で産めばいいじゃない！」

「美樹！」

さすがに安西もこの言葉には青ざめた。それでも美樹は引かない。ふん、と鼻息を荒くすると、腕を組んでそっぽを向いた。

「おばあちゃん」

険悪な空気に、結はたまらずセツに助けを求める。ところが、セツは「そりゃあ、そうだ」と大きく頷いた。

「セツさん！」

情けなく眉尻を落とす安西に「やれやれ」とセツは首を振る。

「おまえさんは誰と所帯を持ったんだい。美樹と生まれた子どもを守っていくのが、おまえさんの役目だろう」

している。

セツの援護射撃に、美樹は「ほーらね」と顎を上げた。安西はすっかり身を小さく

「美樹。おまえさんもだよ」

「えっ。私？」

「これに見覚えはないかい？」

セツは丸く密集している宿り木から細長い葉を一枚取ると、テーブルに置いた。

「もう三年になるかねえ」

もう一枚。葉を縦に並べると、その上に手をかざした。ふうっとセツの掌がかすかに光り、手を除けると一本の枝になった。目の前で起きた現象に、安西の目は驚きと喜びに輝いたが、美樹は傍目にもわかるほど顔の色を失くしていた。

「これ……」

「これは宿り木。美樹。おまえさんは覚えているね？」

ようやく美樹の顔色の変化に気づいた安西が「どういうことだ？」と尋ねる。

「……あの子の枕元にあったの」

「え？」

「三日間続けて。あなたにも訊いたわ」

「お、俺?」

「訊いたわよ。てっきりあなたが置いたんだと思って」

覚えていないのだろう。安西はしきりに首をかしげている。

「子どもに刺さったりしたら危ないって思ったのよ。だからあなたにも訊いたし、お義母さんにも確かめた。だけど二人とも違うって言うし。もし誰かの悪戯だったらって考えたら気味が悪くなって……」

「これは妖精からのメッセージだった」

「妖精?」

美樹は眉をひそめた。

「いらない子ならもらっていくよと……」

「もら……。じゃああの子が死んだのは妖精のせいだって言うんですか!」

立ち上がった拍子に、美樹の座っていた椅子が大きな音を立てた。

「お、おい」

「この枝が置かれてから五日目だったのよ。あの子が死んだのは……」

「そうじゃない」

セツは否定の意味を込めてゆっくりと首を振った。どうやらセツにはすべてがわかっているようだった。

「セツさん。俺たちにもわかるように教えてくれませんか」

安西の表情も険しい。

「ほら。おまえも落ち着け」

安西は美樹を元の椅子に座らせると、その手にレモネードのコップを持たせた。レモネードを一口飲んだ美樹は、声を荒らげてしまった自分を恥じたのか、バツが悪そうに視線を落とした。

そのそばで、結はそわそわと腰が落ち着かなくなっていた。嫌な予感がしていたからだ。これから話されるだろう事柄が決して気持ちのいいものじゃないことは、今までの経験でわかっている。現にちらりと結を見たセツの視線が、逃げるんじゃないよと言っている。

「美樹。おまえさん、あの子にうちのトマトを食べさせてただろう?」

「えっ。ど、どうしてそれを……? 私、セツさんに話したことあったかしら」

美樹の目が忙しなく泳ぎ出した。セツは立ち上がり、部屋の隅に置いてあった野菜籠の中からトマトを二つ取り出すと、テーブルの上に並べた。

「赤いトマトと……」

――緑のトマトだ。

「確かに、あの子が持って生まれた命の期限は短かった。だが、だからといって勝手に奪うような真似をしてはいけない」

「な……、なに言って……」

笑顔を作ろうとしていた美樹の顔が強張り、一瞬で青ざめる。

「セ、セツさん……」

安西もだ。蒼白な顔色で、今にも倒れそうに見える。

どういうこと？　結は首をかしげた。

絶句している二人に向かって、セツはゆるりと首を振った。

「誰からも聞いちゃいないよ。知っているのはおまえさんたち二人だけのはずだろう」

「じゃあどうして……」

「お、俺じゃない！」

美樹に睨まれた安西はぶるぶると首を振った。

「だから聞いちゃいないって言っただろう」

タン、とテーブルの端を叩いたセツは、ぴしゃりと美樹を叱りつけた。

若い頃はさぞかし美人だっただろうセツが怒ると迫力がある。自分が叱られたわけでもないのに、結まで肩をびくつかせてしまった。

セツは美樹に向けていた強い視線を外すと、テーブルの上のトマトを見つめた。

「……強いて言えば本人からってとこかね」

「本人って……。セ、セツさん。教えてください。それはいったいどういうことなんですか」

安西が詰め寄った。

「その前に。おまえさんたちから言うことはないのかい？　あたしの話はそれからだ」

美樹の肩がぴくりと揺れた。唇は固く結んだまま一点を見つめている。やがて肩の力が抜けたのか、重い口を開いた。

「……限界だったの」

美樹はぼんやりと宿り木を見つめている。

「子どもはまだできないのか、病院で診てもらった方がいいんじゃないかって言われながら、やっとできた子だった。義母も喜んでくれて、あのまま幸せな時間が続くと思ってた。なのに、あの子が先天性の病気を持ってるって知って、目の前が真っ暗になったわ。どうしてうちの子がって」

美樹の隣で、安西も亡くした我が子を思ってか、ぐっと奥歯を噛みしめている。

「ミルクを飲む量が少ないのは気になってた。病名を知ってから、そうだったんだってわかったけど、義母は私のせいだって。うちの親戚にそんな病気の人はいないって」

「あのときは母さんも取り乱していたから……」

「わかってるわよ！　わかってる。お葬式の後、泣きながら謝ってくれたから。だけどあなたは笑ってるばかりで取り合ってくれなかったじゃない！」

労わるように肩を抱いてきた安西の手を、美樹は身体を揺すって払い退けた。拒絶された安西の顔が強張る。やさしさと優柔不断は違う。安西はなにがあろうとも、一番に美樹の味方になるべきだったのだ。

だけど……、と美樹が鼻をすする。

「あのとき誰よりもそう思っていたのは私よ。ちゃんと産んであげられなかった自分のせいだって。それでも一歳を過ぎて離乳食も食べるようになって、このまま元気になれるんじゃないかって希望も持ったわ。あの子、セツさんのトマトが大好きだったの。だからお粥につぶしたトマトを混ぜたり、ジュースにしたり。トマトは追熟するから、セツさんに内緒でまだ完熟する前の青いトマトまで採っておいた。……だけど、ちょっと安心しすぎたのね。それからまたすぐに病院に逆戻り」

美樹の顔が歪んだ。

「小さな身体で苦しそうに息をしているあの子を見て、どうしたらいいのかわからなかった。かわいそうでかわいそうで……。私、あの子を殺して自分も死のうと思った」

まさか……と、結は息を呑んだ。

——あかいのは、どく。みどりは、だいじょぶ。

「農薬なら家にたくさんあった。あの夜、私はトマトジュースに……。でもできなかった。あの子の寝顔を見ていたら、苦しいのは私じゃなくてこの子なのにって。精一杯生きようとしている命を、母親の私が奪っていいわけがないもの」

ぼろぼろと涙が頬を伝い、張り出したお腹の上で弾ける。

「それからよ。その枝があの子の枕元に置かれるようになったのは……」

宿り木。真冬でも枯れず、緑の葉で凍えた妖精を守ってくれる枝。

「おかしいのよ。あの日、なんだかどうしようもなく眠くなって、ちょっとだけ眠るつもりだった。なのに、気づいたら朝の四時になってた。静かだなって思ったの。なんでこんなに静かなんだろうって」

「美樹さん……」

ぐすっと洟をすすった美樹の告白を聞いて、結はホッとした。美樹だけじゃない。世界には辛いことがたくさんある。それでも皆足を踏ん張って生きている。美樹が赤ん坊を可愛いと思えたように、その先にある幸せを信じているからだ。

「……おまえさんがあの子にしようとしていたことは、妖精たちも知っていた。だから思ったんだろうさ。いらない子ならもらってしまおうと。向こうの世界なら病気で苦しむこともなくなるからね。宿り木は妖精たちからの挨拶状だったのさ」

「いらないわけないじゃない！」

喉が裂けるような叫びだった。

「私の気持ちを勝手に決めないでよ！　うちの子を勝手に連れていかないでよ！」

声を裏返らせながら、美樹はぶるぶると震える手を固く握りしめている。

「落ち着け、美樹」

背後に立っていた安西が、美樹の肩を軽く揺すりながらなだめた。

「あの子は連れてかれたりなんかしてない。あの子は……、天国に逝ったんだから。葬式だって出した。おまえだって知ってるだろう」

今度は美樹も安西の手を振り払うようなことはしなかった。安西は辛そうに眉を八の字に寄せ、美樹は今にも零れ落ちそうな涙をこらえながら、宿り木の枝を睨みつけている。

「それは本当の子どもじゃない」

静かに、だがはっきりとセツは言った。

「おまえさんたちの本当の子どもは生きている」

「……は？」

「あの子の命は尽きかけていた。それはおまえさんたちが一番よく知っているね。だから妖精たちも急いだ。死んでしまったら自分たちにも手が出せなくなるからね」

「……取り替え子」

結は呟いた。そうだ。取り替え子。チェンジリング。人間の赤ん坊を連れ去り、代わりに赤ん坊にそっくりな魔法を宿り木にかけて置いていく。なぜ人間の赤ん坊を攫うのか。妖精たちの気まぐれだとか、可愛い赤ん坊を育てたいからだとか言われているけど、美樹さんの場合は——。

「もしかして、あの男の子は……」

生きていたらちょうどあの男の子くらいになるだろう。赤いトマトと、緑のトマト。

「結ちゃん、なにか知ってるの！」

美樹が結の二の腕をつかんだ。痛い。ものすごい力だ。

「い、いえ。私はその……」

「美樹。結はなにも知らないよ。あたしだって気づいたのは昨日なんだ」

「セツさん！　じょ、冗談はやめてください！　いくらセツさんでも怒りますよ！」

「取り替え子だ。おまえさんたちが看取り、墓に埋めたのはこの宿り木の方。本当の子どもは妖精が連れていったのさ」

「じゃあ……。さっき結ちゃんが言ってた男の子って……」

安西と美樹が共に結を見る。どうしよう、困った。結はセツの顔を窺った。美樹の瞳の奥に、わずかに希望の光が輝いて見えたからだ。

「えっと……」

迷っている結にセツは頷いた。話してもいい……、いや、私から話しなさいってことだ。これから結が話すことは、美樹の期待に半分は応え、半分は裏切ることになる。もしかすると、美樹に嫌われるかも知れない。それでも、本当のことを告げなければならない。結はもぞもぞと居住まいを正すと「三日前……、それに昨日も見たの。畑で」と言った。

「あそこよ、ほら。トマトの畝」

ここからも赤い実が見える。

「五歳くらいの可愛い男の子だった。最初は向こうの世界の住人だと思ったけど、慧……、うちに居候してる大学生がいるんだけど、あいつにも見えたし、レモネードも飲んだし」

ああっ、と美樹が湧き上がる喜びに声を詰まらせた。

「で、でも！」

予想通りの反応に、結は慌てて声を上げる。

「人間じゃないの！　あ、あの。人間だけど人間じゃなくて……」

「どういうこと？」

美樹の視線が突き刺さった。結はちらりとセツを見たが、セツは聞き手に回ってい
て素知らぬ顔で澄ましている。

魔女の鉄則その一。見聞きした事実を勝手に曲げてはいけない――。

結は一度うつむいて、小さく息をついた。それから顔を上げると、美樹の視線を
真っ直ぐに受け止める。

「取り替え子は、半分は人間だけど、半分は妖精なの」

「半分は……妖精？」

怪訝(けげん)そうな表情を浮かべる美樹に、結は頷いた。

「一度向こうの世界に足を踏み入れたら、二度とこっちの世界には帰ってこられない。

美樹さんの子どもは生きている。ただし向こうの、妖精たちの住む世界で」

「そんなこと……。本当に帰ってこられないってどうしてわかるのよ。だって生きて
るんでしょう？」

「それは……」

「ほらね。わからないでしょう？　確かめてもいないくせに」

鋭い美樹の目が怖い。子を思う母親の、愛情の強さだ。だが、ここは呑まれちゃいけない。結はぐっと顎（あご）を上げると「じゃあ美樹さん」と真っ直ぐに美樹を見た。

「確かめてみる？　簡単だよ。陽が落ちるまで、あの子の手をつかんで離さなければいい。でも、確実にあの子は死にます。今度こそ、本当に」

きっぱりと告げた言葉に、美樹と安西は口を噤（つぐ）んだ。

「あの子が今も生きてるのは妖精の世界にいるからだよ。取り替え子にならなかったら、美樹さんが知ってる通り、本人は亡くなっていたはず。違いますか？」

「そ、それは……」

美樹の瞳が一気に陰る。

「どちらがよかったのか、私にはわかりません。どうして今になって姿を現したのかも。私に言えることは、あの子は妖精の国で元気に生きてるってことだけです」

うつむいた美樹を見ながら、結は祈っていた。お願い、妖精たち。あの子を連れてきて。小さいあの子が自分で向こうの世界の扉を開くことはできないはず。となれば、やはりそこには妖精の力が必要なのだ。

魔女の鉄則その二。『妖精に頼ってはいけない。あいつらは対価を求めるからね。命じればいいんだ。それが八月一日家に約束された魔女への対価なんだから――』

しばしばセツに注意されていたけれど、結は願わずにはいられなかった。

するとそのとき――。

――あかいのは、どく。みどりは、だいじょぶ。れもねー、すき。

「……聞こえた？」

尋ねると、美樹は顔を強張らせたまま固まっている。

――あかいのは、どく。れもねーは、すき。

前とはちょっと違うフレーズがついているのが気になったけど、間違いなくあの子の声だ。安西は声のする畑の方を見ている。二人ともちゃんと聞こえてるんだ。

「行ってみよう」

結は立ち上がり、安西と美樹を促した。

「あ、これも」

レモネードも忘れず持った。逸る気持ちを落ち着かせながら、結はトマトの畝へと向かった。

「こっちはあかいから、だめなの。こっちはだいじょぶなの」

――いた。まあるい小さな背中。

「嘘……」

瞠目(どうもく)している美樹は、両手で口元を覆いながら、ふらふらと歩いていく。

「美樹さん」

結は片手を美樹の前に出して遮ったが、そうじゃない、と思い直した。あの子が会いに来たのは私じゃない。美樹さんたちだ。

結は遮っていた手を静かに外した。

「美樹さん。これ、あの子に」

レモネードの入ったコップを手渡す。美樹はレモネードをじっと見つめていたが、なにかを決意したかのように顔を上げた。

「行くわよ」

「けど、俺は……」

「逃げるの？　私は嫌よ。私はもう逃げない」

ごくり、と安西の喉が鳴った。落ち着きなくうろうろと彷徨(さまよ)っていた視線が、美樹の視線にカチリと合う。

「わ、わかった」

ロボットのようにガクガクと頷いた安西は、美樹の後ろで土に足を取られてよろけた。

大丈夫かなあ、と心配になってセツを振り返ると、いつの間にかたくさんの光が集まっているのが見えた。いや、違う。妖精たちだ。自身で光を放つ、透き通る羽根を持った小さな妖精たちの姿が見える。すごい。こんなにはっきりと妖精が見えたのは初めてだ。やはりこれは特別な邂逅(かいこう)なのだ。

「……おる」

美樹の声がかすれた。子どもが顔を上げ、美樹をじっと見る。

「薫(かおる)……。薫なのね」

子どもが首をかしげた。ビー玉みたいな目がくるっと動く。安西たちが知っている赤ん坊の頃よりだいぶ大きくなった子どもの姿。よく見れば、そこかしこに二人の面影が見て取れた。

「れもねー、すき」

「え？　あ、ああ。レモネードね。……飲む？」

子どもは頷くと、タタッと走ってきた。美樹を見上げると、ちょうだいと言うように両手を伸ばす。

「あ。ちょっと待って。おててが汚れちゃってるわ」

美樹はレモネードを安西に手渡すと「ほら」と子どもの前で膝を折った。ポケットから取り出したハンカチで、土で汚れた小さな手を丁寧に拭う。

「ほーら、きれいになったでしょ」

掌（てのひら）をひっくり返して不思議そうに見ていた子どもは「きれー」と繰り返すと、「れもねー」と安西に向かって手を伸ばした。

「あ、ああ」

安西がおっかなびっくりコップを差し出すと、子どもは嬉しそうに顔を綻（ほころ）ばせて受け取った。

「れもねー、すき」

こくこくとレモネードを美味しそうに飲んでいるのは、間違いなく死んだと思っていた自分たちの子どもだ。

「ほらほら。ゆっくり飲んで」

男の子の口元を拭う美樹の表情は、すっかり母親のものになっていた。

けぷっとげっぷをした子どもは、満足そうに空になったコップを返すと、美樹のお腹をじっと見つめた。

「えっと。赤ちゃんなの。赤ちゃんがね、いるのよ」

「あかちゃん……」

「そう。……触ってみる？」

こくりと子どもが頷いたので、美樹は膝立ちになって「ほら」と子どもの手を取った。本当なら目の前の子の弟か妹になるはずの赤ん坊だ。

子どもは美樹のお腹を撫で始めた。真剣な表情で、ゆっくりとまあるく。

「……だめ」

「ん？」

子どもはお腹を撫でながら言った。

「だめなの。あかいのはどくだから。みどりのは、だいじょぶなの」

不意に、微笑んでいた美樹の顔がくしゃりと歪んだかと思うと、ぼろぼろと涙が零れ落ちた。

「ごめんなさい」

呻(うめ)くようにそう言うと、わっと顔を覆ってしまった。泣き出した美樹に驚いたのか、子どもは困ったような顔をして安西を見上げた。

「あ、ああ。ごめんね」

「おみず、おめめからでてるの」

「お水……。これは涙だよ」

「なみだ？」

妖精は泣くという感情を知らない。結は安西に教えようとして、だがやめた。今は家族だけにしてあげなきゃ。きっともうこんなチャンスは二度と巡ってこない——。

安西はわからないといった顔で自分を見ている子どもに、ふと思いついてすぐそばで真っ赤に熟しているトマトをもぎ取ると、子どもの目線になるよう膝を折った。

「これはトマト。毒じゃないよ」

子どもはふるふると首を振ると「だめ」と言った。

そんな子どもの目の前で、安西はトマトをがぶっと齧った。目を見開いて固まった子どもの前で、ゆっくりと美味しそうに食べて見せる。

「ああ、美味いなあ。セツさんの作ったトマトは世界一美味い！」

ぽたぽたと汁をこぼしながら平らげ、二個目にかぶりつく。安西の目尻にも涙が浮かんでいたが必死でこらえている。美味い美味いと言いながら、本当に美味しそうに食べる。トマトはこの食べ方が一番美味しいんだよね。うう。私まで食べたくなってきた！

「……どく、ないの？」

「ないよ。ほら。食ってみるか？」

齧りかけのトマトを目の前に差し出された子どもは一旦躊躇したが「美味いぞー」と後押しされ、かぷっと齧った。食べた！

「な。美味いだろう？」

「あかいの、どくじゃない。れもねー、すき。あかいのも、すき」

ミルクよりトマトが好きだった。記憶はなくとも、舌が覚えているのかも知れない。

安西と美樹は互いに顔を見合わせると、にっこりと笑った。

　けれど、幸せな時間には限りがある。

「あ……」

　妖精たちが子どもの周りに集まり始めた。さざめくような笑い声が聞こえ、子どもの髪を引っ張ったり、なにかを囁いたりしている。安西と美樹には見えないが、なんとなく雰囲気を感じ取ったのだろう。美樹が不安そうな顔でセツを見たが、セツは無言で首を振った。

「そんな……」

「セツさん！　どうにかできないんですか！」

「できません」

　セツの代わりに結が答えた。

「私たちが今見ているのは……、妖精の贈りものだから」

「贈りもの？」

　結は小さく頷いた。

「こちらの世界では生きていけなかったあの子が帰るのは向こうの世界。あの子にとっての故郷は、妖精の世界なんです」

昨日、セツは子どもに宿り木の枝を持たせた。妖精たちに届けるためだ。そして、その枝を受け取った妖精たちが、お返しに子どもの元気な姿を見せてくれている。

「じゃ、じゃあ、私も一緒に……っ」

「美樹！」

「だってあの子一人ぼっちなのよ。向こうの世界なんて私は知らない。そんなところに行って幸せになれるって言うの？　せっかく元気になったのに、今度は一人ぼっちだなんて。私が一緒に行けば、ほら、この子もいるし寂しくない……」

「美樹。美樹、ごめん！　本当にごめん！　俺がもっとちゃんとおまえの話を聞いてたらよかったんだ。薫にもおまえにも、辛い思いばかりさせた俺の責任だ」

安西が美樹を抱きしめた。嗚咽が聞こえる。安西の頬にも涙が伝い落ちている。

「いたいの？」

泣いている二人が心配になったのか、子どもがとてとてと歩いてきて美樹の頭を撫でた。

「いたいの、だめ。いたいのいたいの、とんでけー」

「っ」

涙が引っ込むほど驚いている美樹の気持ちも知らず、子どもは美樹の頭を撫でながら「いたいのいたいの、とんでけー」と繰り返している。それは美樹が泣いてばかりの我が子にやっていたおまじないだったのだろう。小さくふっくらとした手がひらひらと宙を舞う。

一生懸命な表情に、美樹の目からまた新しい涙が零れ落ちた。

「ありがとう」

美樹は、くしゃりと崩れた顔に笑みを浮かべた。

「もう大丈夫。痛いの痛いの飛んでけー」

ひらひらと大きな手と小さな手が宙を舞う。ふふっと美樹が笑うと、子どももつられたように笑う。笑顔になった美樹を見て、子どもはくるりと踵(きびす)を返した。

「あ……っ」

子どもは美樹の手をすり抜けて走っていく。もう振り返らない。

「薫！　薫っ！」

たくさんの光に囲まれながら、子どもはふわりと消えていった。

しばらくの間、誰も言葉を発しなかった。ホーホケキョ、とウグイスが鳴き、思い出したように蝉時雨（せみしぐれ）が森の中から聞こえ始めた。呆然と子どもが消えてしまった先を見続けている二人に「安西さん」とセツが声をかけた。

「安西さん。おまえさんができることは、今日これからのことだ。後悔したってあの子は戻ってこない。それより美樹と、お腹の中にいる赤ん坊のためになにができるのかを考えなさい」

そう言うと、セツはハーブスワッグを手渡した。オレガノ、ユーカリにローズマリー。きっと悪戯（いたずら）な妖精から、美樹とお腹の赤ちゃんを護ってくれるだろう。

「……薫っていうの」

美樹はぽつりと呟いた。

「あの子の名前。薫風（くんぷう）の薫。深山の風のように、皆に幸せを運ぶような子になってほしいって」

「美樹……」

互いに支え合いながら抱き合う二人を見て、結はそっとその場を離れた。

世界は不平等で残酷だ。これからも、二人は悲しい過去の後悔を背負って生きていく。それは結が想像するより遥かに辛く厳しいものかも知れない。それでも、もうすぐ生まれてくる新しい命が、二人の希望になればいいと結は思った。

ふと、母屋(おもや)の方を見ると、玄関先で慧がこっちを見ているのがわかった。視線が合い、じっと見つめられる。結が足を止めると、慧はついと視線を外して家の中へ入っていった。

『そんな奇跡みたいな力、どれだけ願っても手に入らない』

不意に慧の言葉が浮かんできた。あいつはなにを背負ってるんだろうと考えて、結はぐしゃぐしゃと髪を掻き乱した。ああ、だめだめ！

魔女の鉄則その三。相手から話してくれるまで詮索してはならない。

「ふん！」

鼻息を荒くし、つんと顎(あご)を上げる。

山の稜線(りょうせん)に、湧き立つ白い入道雲が見えた。どこまでも透明な青い空。結の後れ毛を攫(さら)いながら、風が通り過ぎた。

風薫る。

振り向くと、安西が美樹の手をしっかりと繋ぎながら帰っていくのが見えた。

もうすぐ八月だ。きらりと光る太陽が目に染みた。

収穫祭(ルーナサ)

八月一日。これは我が家の『ほずみ』ではなく、グレゴリオ暦の八月一日のこと。魔女にとっては特別な日だ。妖精の世界と親密な関係にあった古代ケルト族が、大地の祝福を感謝する収穫祭の日。

「美味そうな匂いだな」

慧が鼻をひくつかせながら台所に入ってきた。それもそのはず。明日に控えた収穫祭に合わせて、朝から大量のパンを焼いているのだ。

「どれどれ」

「あっ、だめだって！」

「おー。美味いな」

もぐもぐと口を動かしながら、テーブルにあるドライフルーツも口に放り込む。

「ちょっと！」

「誰かの誕生日か?」

おまえ? と齧りかけのライ麦パンを持った手で指す。

「違うよ。これは収穫祭のためのパンなの」

「収穫祭?」

「そう。こうしてパンやお菓子を焼いてお祝いするの。魔女の箒もこのときに作るんだよ」

「箒? って、あの箒か? 結、空飛べんのか?」

目を丸くする慧に思わず笑った。

「まさか。いくらなんでもこっちの世界じゃ無理。でも三和土を掃除することはできるよ」

「はあ、夢のない」

「妖精の世界とこっちの世界を隔てる結界を払うことができるって言ったら?」

「そんなことできるのか?」

「少しの間だけね。そのときにこのパンとお菓子をあげるの。八月一日家の繁栄を感謝してね。今年はあの子も来るかも」

「薫か？」

うん、と結は頷いた。

「今年は美樹さんにも招待状を送ってあるんだ」

なんとなく慧も嬉しそうに見えた。薫くん、可愛いもんね。

「手伝うか？」

「いいの？」

「おう」

「じゃあ、そのライ麦粉、ふるいにかけてくれる？」

「これ全部か？」

「イエース！」

「マジか」

山と積まれた粉を前に、慧は返事とは裏腹に楽しそうだ。本当は魔法を使ってたことは内緒にしておこう。

おばあちゃんは魔女の箒(ほうき)を作製中だ。春にこんもりと黄色い花を咲かせるハリエニシダは、茎や葉に鋭い棘(とげ)がある。繁殖力と駆除の難しさから、日本では要注意外来生物に指定されているほどだ。嫌われもののハリエニシダだが、魔女には欠かせない樹木なので、セツの庭では魔法で結界を張って育てているのだ。

ずっしりとしたライ麦パンにハーブを入れた小麦のパン。ドライフルーツとラム酒をたっぷりと入れたフルーツケーキ。この前作ったジャムにフルーツソース。四人がけのテーブルの上に、所狭しと並べられたパンやお菓子は店でも開けそうな数だ。結もついついつまみ食いしながら作っていたので、慧をとやかく言うことはできない。

「ずいぶんできたようじゃないか」

「おばあちゃん」

「どれ。今夜はこれで食事にするとしよう。結。ピクルスを出しておくれ」

「はーい」

この季節に欠かせないのが夏野菜のピクルスだ。キュウリ、ニンジン、ミョウガにトマト。タイムやローリエなどのハーブと共に、一晩漬ければでき上がる。

セツがスイカを切ってテーブルに並べた。

「いただきます」

ライ麦パンは薄く切って、クリームチーズをたっぷりと塗る。その上に蜂蜜を垂らして食べるのが結流だ。

「美味しー」

セツと慧は去年作った梅酒、結は牛乳で乾杯だ。

「ああ、美味しいねえ」

セツも満足そうに目を細めた。

「それは俺が捏ねたやつだからな。心して食べろよ」

「偉そうに。五個で放り出したくせに」

「おっまえなあ。魔法使えるなら最初から言えばいいだろ。畑仕事より疲れたぞ」

「楽しそうにしてたじゃん」

ふふん、と笑った結に、慧はぐっと言葉を詰まらせた。

「まあまあ楽しかったからいいとしてやる」

「ぷっ」

結とセツは声を上げて笑った。

その夜はタフィーにもパンのお裾分けがあり、三人は昼の心地いい疲れと共に、早々に夢の中へと沈んでいった。

翌、八月一日。収穫祭の日。

「薫！」

魔女の箒に払われて現れた光の中から、まっさきに飛び出してきたのは薫くんだった。安西夫妻には、絶対に薫くんを引き留めないようにとの厳重注意をして参加を認めた。薫くんはすでに妖精の世界の住人で、こちらの世界で生きることはできないからだ。

「はい。これは薫くんの分」

「ユニコー！」

バターと蜂蜜をたっぷり入れて作った、ユニコーンの形のパンだ。

『それは牛か？』

失礼なことを抜かした慧には、小麦粉の煙幕をお見舞いしてやった。

光の中からたくさんの妖精たちが現れた。ぴょんぴょんと嬉しそうに跳ねまわる薫くんは「だーめ。これはぼくの」と纏わりつく妖精たちからパンを守っている。

庭先にしつらえた祭壇——白いクロスをかけた台所のテーブル——には、昨日作った大量のパンと焼き菓子が並んでいる。慧と安西夫妻には明るい光が見えるだけで妖精たちの姿は認識できないだろうが、祭壇のパンが消える様は見えたはずだ。パンを手にした妖精たちと共に、薫くんもぴょんぴょんと跳ねながら光の中へと帰っていく。

「薫！」

たまらず手を伸ばした美樹を、結が引き留めた。声が届いたのだろう。薫がくるりと振り向く。小さな手を美樹に向かってバイバイ、と振る様子が見えた。

「またね！」

美樹が言った。

またね――。

薫には、妖精の国とこちら側の世界を行き来する力はない。畑に現れたのは妖精の気紛れによるもので、薫の意思ではない。次にいつ会えるのかもわからない。それでも、美樹は「またね」と願いを込めずにはいられなかったのだろう。

ケルト暦の秋の始まり。今年もたくさんの収穫があるように。八月一日家が末永く繁栄しますように。そのためには、結の進路が大きく関わってくるのだ。

招かざる客

「あーづーいー」

結がうつ伏せで寝転がっているのは玄関口の板の間だ。片引きの玄関の戸を全開にしているが、風が吹いてこない。軒下の風鈴もチリンとも言わない午後二時。

お昼は素麺で軽く済ませ、課題をやっつけようと教科書とノートを広げたものの、わずか二十分で音(ね)を上げた。

タフィーも三和土(たたき)で寝転がっている。石でできた三和土(たたき)はひんやりと冷たくて気持ちがいいのだ。とは言え、全身毛で覆われているため、ずっと舌を出して熱を逃がしている。タフィーには申し訳ないが、その息遣いを聞いているだけで暑さが倍増する。

「おい」

ぎしりと床がへこんだ。

「邪魔だ。どけ」

「えー」

「チッ」

こいつ、今舌打ちした。

「やーだー」

「踏むぞ」

「死ぬー。いいよー、跨(また)いでも」

「あ。パンツ見えた」

「えっ！……嘘つき！」

ギョッとして跳ね起きたがそんなはずはない。ショートパンツを穿いているのだ。

見えるはずがないのに、つい引っかかってしまった。

「バッカじゃないの！」

夏の昼下がりの暑さを上回るほど顔が熱くなり、慧を睨みつけると、ふん、と鼻で一笑された。

「おまえがどかないからだろ。出かけるんだよ」

「えっ。どこに？」

「高木商店」

「マジで？　行く！　私も行きたい！」

慧は結をちらりと見下ろしたが、返事もせずにサンダルを履くと出ていった。

だめって言わないってことは、いいってことだよね！　タフィーもむくり、と起き上がる。結は慌てて自分のサンダルを履くと、慧の背中を追った。

慧はいつものスタイル。麦わら帽子にTシャツ、ハーフパンツにサンダル履き。首にはタオル。村の青年団にでも入ってそうな姿だ。

隣に並んだ結を見て、慧は眉をひそめた。

「おまえ、帽子くらい被ってこいよ」

「あ」

結は自分の頭に手を乗せた。たった数十メートル歩いただけなのに、太陽の熱を吸い取った頭頂部は熱を含んでいる。

「大丈夫だよ」

ちょっとだけだし……と思っていると、突然視界が遮られた。慧の麦わら帽子だ。

「わっ。え？」

「被っとけ」

「でも、そしたらあんたが……」

「……あんた、ハゲそうだしね」

「ハゲてねえ！」

ぷっと噴き出すと、結はケラケラと笑った。

「……慧だ」

「え？」

「あんたじゃねえ。慧だ」

「……なら、私もおまえじゃないよ。結」

「あ、ちげえ。慧さまだ。慧さまと呼べ」

「はあ？　押しかけ居候の弟子のくせに。だったら私はお嬢さまだもんねー」

「ガキかよ」

呆れたように息だけで笑った慧の唇の端が、片方だけ引き上がっている。ちょっと意地悪な、大人の男の人の顔。同級生の男子とは全然違う表情に、結はどきりとした。

心臓がコトコトと早鐘を打っている。顔が熱い。十中八九赤くなっているだろう顔を見られたくなくて、結はうつむいて歩いた。

すると、大きな足が目に飛び込んできた。焦げ茶色のサンダルに骨ばった足の甲。自分の足の甲と比べるとごつごつとしている。渉も背は高くないが、足は大きい。見慣れてるはずなのに、なぜか慧の足に目を奪われてしまい慌てた。

「だ、大学って宿題とかないの？」

会話の途切れた空気に耐え切れず、結はぶっきらぼうに尋ねた。

「あんじゃねえ？」

「え、なにそれ。大丈夫なの？」

「こっち来たの七月に入ってすぐだから。ま、なんとかなんだろ」

他人事のように涼しい顔だ。

「結の方こそ、だいぶ苦労してるみたいだったけど？」

顔を覗き込まれ、歩きながら結は仰け反った。ち、近いし。

「に、苦手なんだもん。数学」

……って。あれ？　今、結って——。

「あー。そういえば間違ってたぞ、問二の二次関数」

「えっ、嘘」

「場合分けとかしっかり押さえとかねえと、絶対テストに出るからな」

「うわーっ、無理！　できる気がしない！」

結は帽子のつばを押さえながら、その場にしゃがみ込んだ。

「……皿洗い」
五、六歩先で立ち止まった慧が、振り返って言った。
「講師料として一回につき、皿洗いの当番と交換」

「えー」

「ならいい」

「わーっ、待って待って！」

さっさと背中を向けて歩き出す慧を慌てて呼び止める。

「その条件呑んだ！　呑みます！」

結は前につんのめりながら、バタバタと慧を追いかけた。

国道までの一本道に入ると、一気に濃い影に覆われた。光と影の境界線がくっきりと分かれている。熱せられたアスファルトのにおいと、深い森の草いきれが鼻腔に漂う。

「そうだな。物理は朝飯当番。英語は夕飯か」

「鬼。悪魔」

「正当な交換条件を提示しているだけだ」

昼下がりから夕方までの時間は自由時間だ。夏の間は朝早い時間から午前中までに仕事をする。それからまた夕方の涼しい時間から暗くなるまで、畑仕事をしたり魔女の薬を作ったりするのだ。体力的にもその方が効率がいい。結はその自由時間を学校から出された宿題にあてていた。大抵は玄関口の板の間でノートを広げている。家の中で一番涼しいのがあの場所なのだ。ところが、一時間もすれば教科書を手に寝落ちしているのだから、はかどるはずもない。

「ところで、高木商店でなに買うの？　アイス？」

「バーカ。頼まれたんだよ」

これ、と言って、ハーフパンツの後ろのポケットから茶色い小瓶を出して見せた。

「ああ、解熱剤。それ、高木のおばあちゃんだったんだ」

昨夜遅くにかかってきた電話。セツの家の電話が鳴ることは滅多にない。大抵は依頼人からで、あとは今回のように村の人たちが急を要する病気だったりする。結はちょうどお風呂から上がってきたところで、喉の炎症がどうのとセツが話しているのを聞いていた。

深山村の人たちはセツに好意的で、口が堅い。魔女だと言いふらすような真似は絶対にしないし、まるで生き神さまのように思ってくれている。代々、八月一日家の魔女たちが積み重ねてきた信頼関係のおかげだ。八月一日家の魔女は村人のために、無償で病気を治したり、様々な相談ごとにも乗ってきたりしたからだ。

「高木のおばあちゃん、昔からおばあちゃんの作った薬じゃないとだめなんだって」

「先生が作る薬には魔法が使われてるんだろ？　例えば癌とかそういうのも治せるのか？」

「場合による、かな」

「本当か？」

驚いて足を止めた慧に、結は慌てて「ちょ、今のなし！」と両手を胸の前で振った。

「危ない危ない！　うっかり乗せられるとこだったよ！」

「なんだよ、乗せられるとこって」

結は「はあ……」と呆れたような溜息を零すと「あのねえ」と言った。

「ここから先は誰にも話しちゃいけないことなの。ええっと……。秘密保持？　だから教えられない」

「ふーん。まあ、そりゃあそうだよな」

意外とあっさり納得した慧に、結は肩透かしを食ったような気持ちになった。つい
「法律にもあるんでしょ」と問いかけたが、これが失敗だった。

「民事だな。東京地方裁判所の判決によれば……」

「ちょっ、ちょっと待った！」

さっぱりわからない。ちょっとした意地悪のつもりだったのに、意外とちゃんと勉強しているらしい。せっかく教科書から解放されたっていうのに、公民の授業みたいなこと聞かされたって余計に暑くなるだけだ。

「あっつ……」と首筋の汗を手の甲で拭ったとき、結はふと足を止めて辺りを見回した。

「……蝉の声がしない」

あんなに騒がしかった蝉の声がピタリとやんでいる。

「ウウッ……」

タフィーが唸り声を上げ、森の奥を睨みつけながら前肢（まえあし）を低くした。

「……どうした？」

慧も眉をひそめたそのとき、「ヴヴヴッ！」と唸ったタフィーが睨みつけた森の奥から、ザアッと梢（こずえ）を揺らしながら、なにかがやってくるのがわかった。

来る――！

結はぎゅっと目を瞑（つむ）り、衝撃に備え足を踏ん張った。二秒、三秒、四秒……。

「……あれ？」

来ない？

恐る恐る右目から順に瞼を開いた結は、次の瞬間悲鳴を上げた。

「うわあっ！」

目だ。真っ黒な目が顔のすぐそばにある。真っ黒、というのは虹彩の色ではない。本当に真っ黒なのだ。白目も虹彩もない。全部が黒い。底なしの闇のような目が結を覗き込んでいる。ぶわりと全身が粟立（あわだ）った。

「おい！」

　慧が走ってきて結の腕をつかんだ。途端に覗き込んでいたものが弾けるように霧散する。黒い、靄のようなものが森の奥へと吸い込まれていくのが見えた。タフィーが吠えながら追っていく。

「大丈夫か」

「慧……」

　慧がつかんでいる腕を見ると、ぶつぶつと鳥肌が立っている。慌てて周囲を見渡したが特に変わった様子は見られない。いつの間にか蝉時雨も戻っていた。

「なんだ、今の」

「慧も見たの？」

「見た？　いや。急に風が吹いてきたと思ったら、おまえが硬直しているし、なにかあったんじゃないかと思って……」

　慧は「酷いな」と顔をしかめながら、鳥肌の治まらない結の腕を見る。ガサガサと草むらを掻き分けながら、タフィーが戻ってきた。

「ワフッ」

「タフィー」

尻尾を振りながら結の手をべろべろと舐めるタフィーに、ほっと緊張がほぐれる。

「いったいなにがあったんだ」

「……わかんない。けど、誰かが私の顔を覗き込んでた」

「妖精か？」

「違う」

結は首を振った。悪い妖精のことなら知っている。悪いというのはあくまでも人間の物差しでの基準だ。妖精には善悪の区別はないから、単純に種族的なものでしかない。病気を振りまいたり、家畜を川に落としたり、悪夢に登場したりと様々だ。決して褒められたものではないが、あんな得体の知れないものじゃない。

結は鳥肌の残る腕を、両手で掻き抱くようにしながらさすった。

人の形をしたものだった。あれって幽霊……なの？　う、嘘！　結は頭（かぶり）を振った。昔から、幽霊だけは苦手だった。幽霊はだめだ。怖いなんてものじゃない。一度幽霊の話を聞いただけで『思い出す』のだ。トイレに行くとき、お風呂に入っているとき、顔を洗っているとき、鏡を見ているとき。想像するだけで怖いのに今のはなんだ。あんなに禍々しいものを見たのは初めてだった。

力が強くなっている？　タイムリミットである十八歳が近づいているせいだろうか。

「む、無理無理無理！」

まだ魔女になるかどうかも決めてないのに！

結は頭を抱えながらしゃがみ込んだ。黒い二つの目が脳裏に焼きついている。

「もう一人でトイレ行けないよぉ」

「……幽霊」

「うわーっ！　やめてよ！」

頭の上から聞こえてきた声に、結は両手で耳を塞いだ。

「……そういうのも見えたりするんだな」

顎に手を当てて考えるポーズをしている慧は気楽でいい。そういうの、なんて見えない方がいいに決まってるんだから。

「タフィー」

ハッハッハッ、と舌を出してお座りをしているタフィーの首を抱きしめた。

「今日は一緒に寝ようねぇ」

「ワフン」

「添い寝してやろうか？」

「……は？」

きょとんとしながら頭上を見上げると、慧がにやりと口角を上げている。

「な、な、なに言って……っ」

「バーカ。冗談に決まってんだろ。おまえ、イビキうるせえし」

「う、嘘！」

結は思わず立ち上がった。

「寝言も言ってるしな。大福待ってー、とかなんとか」

「嘘だ。絶対嘘だもんねー」

鼻の穴を膨らませて反論すると、慧は「元気じゃねえか」と結を見下ろした。

「ほら。さっさと行くぞ。アイスくらいなら奢（おご）ってやる」

「アイス！」

表情を一転させ顔を輝かせる結に、慧は呆れたように苦笑した。

「ガリゴリ君、あるかなあ」

「コーラ味のが食いてえ」

「私、醬油煎餅味」

「げ。なんだそれ」

「美味しいんだよ。ほら、甘いの食べた後ってしょっぱいのが食べたくなるじゃん。醬油煎餅味のガリゴリ君は、一本で二つの味が楽しめる超リッチなガリゴリ君なのだ」

気を遣ってくれている。それがわかるから、結は内心慧に感謝していた。

「そんなの後から煎餅食えばいいだろう。アイスに口直しを求めるな」

顔をしかめた慧だったが、結局、コーラ味も醬油煎餅味も食べることはできなかった。村で一軒しかない小さな高木商店には、昔ながらのプラスチック容器に入ったかき氷しかなかったからだ。

「好きなもん持っていきなぁ」

「みぞれといちごしかねえじゃねえか」

慧はぶつぶつと文句を言いながら冷凍ケースを覗き込んでいる。

結が一足先に店を出ると、不意に足元が暗くなった。空を見上げると、ちょうど頭の上を雲が通り過ぎるところだった。白く光る道路に雲の影が動いていく。

「あ……」

アゲハ蝶だ。何気なく目で追っていくと、近くのクヌギの木の陰からじっとこちらを見ている視線に気づいた。

「……詩乃ちゃん？」

そうだ。間違いない。朱い絣（かすり）の着物に白い前掛け。おかっぱ頭の、見た目は幼稚園児くらいの女の子。ずいぶん久しぶりに見たけれど、記憶の中にいる詩乃と全く変わっていない。タフィーもクンクンと鼻を鳴らしながら尻尾を振っている。

驚いたのは詩乃も同じのようだ。大きな目をぱちくりと瞬くと、さっと木の陰に隠れた。それからちょっと顔を覗かせてはまた隠れるという動作を繰り返し、結は思わず頬を緩ませた。

「ん？　どうした」

ちょうど店を出てきた慧が尋ねる。

「ほら。覚えてない？　私がこっちに来たときのこと。詩乃ちゃんっていうんだけど、昔村に住んでた女の子。私が小さい頃は一緒に遊んだりしてたんだけど、いつの間にか見えなくなっちゃってた」

　思い出したのか、慧は「ああ」と頷いた。

「その子がいたのか？」

「うん。ほら、あそこ」

　振り返ってクヌギの木を指差したが、詩乃の姿はどこにもなかった。

「あれ？　いなくなっちゃった」

「まあどのみち、俺には見えねえけどな」

　また詩乃ちゃんが見えるようになって嬉しいはずなのに、どうしてだろう、胸の隅っこがざわめいている。なにかが少しずつ変わってしまうような、漠然とした予感が結の心を占めていた。

「あっ。私いちごね」

　それでも食べることだけは忘れない。奢りならばなおさらだ。茶色い紙袋の中を覗き込むと、赤いかき氷が入っていない。

「えーっ。なんで両方ともみぞれなのよ。普通、いちごとみぞれ一個ずつ買わない？」

「かき氷と言ったら、みぞれに決まってんだろうが」

「いちごのと両方半分ずつ食べたかったのにぃ」

「嫌なら食うな」

「食べるよ、食べますぅ」

こめかみを汗が伝う。焼けたアスファルトから立ち昇る熱気に、かき氷はたちまち溶けて、カップの表面にたくさんの結露を作った。

高木商店から戻り、セツに黒い靄(もや)のようなものの話をすると「ちょいとばかり厄介だね」と言って考え込んだ。

「結。これをつけていなさい」

そう言うと、セツは自分の首から外したものを結の首にかけた。

「えっ。でもこれ、おばあちゃんの大切な……」

「だからだよ。きっとおまえさんのことも護ってくれるだろうからね」

ネックレスについている柘榴石(ガーネット)はセツの前の代の魔女……結にとっては高祖母の石だ。

「おばあちゃん。あの黒い靄(もや)はもしかして慧に関係あるの？」

「……慧にお聞き。あれの願いは慧自身で解決すべき問題なんだ」

慧自身で――。

セツは細い革紐で結ばれたネックレスを結の首にかけると、祈るように石の上から手を当てた。

もうすぐ時計の短針が十一時に届くかと思われたとき、その電話は鳴った。昼間あんなことがあったので、結はギョッとして身体を強張らせた。

固定電話にかけてくるのは村の一部の人間か、あるいは細い蜘蛛（くも）の糸を辿るように口伝えで魔女の存在を知った依頼人のどちらかだ。

最小限の音量でも、静まり返った家の中ではよく聞こえる。セツはとっくに寝ている時間だし、放っておけばそのうち留守電に切り替わる。だけど、こんな時間にかけてくるということは、よほど切羽詰まっているのかも知れない。

三回、四回……と数えながら、結が布団に横になったばかりの上体を起こしかけると、「はい」という慧の声が聞こえた。茶の間にある電話には、慧のいる座敷の方がちょっとだけ近い。もし寝ているようなら自分が出ようと考えていたのだが、ホッとした。

結は再びごろりと横になる。

「……どうしてここがわかったんですか」

押し殺すような声が聞こえてきて、結の耳はピクリと動いた。

「別に関係ないでしょう」

ボソボソと低い声が続く。

「大学はちゃんと卒業します。休み中のことまで口を挟むのは……」

「ええ」とか「ですから」とか、受け答えする声音は、いつもの慧とは思えないほど冷たい。プライベートなことだ。聞いちゃいけないとわかっていても、結の耳は素直に声を拾ってしまう。だって聞こえちゃうんだもん。

「………のことは、あの人には関係ありませんから」

身体の向きを変えたのか、わずかに声が遠くなった。

「桑名(くわな)さんも俺のことは放っておいてください」

じゃあ、と言い放つと受話器を置いた音がして、家の中はまた静まり返った。衣(きぬ)ずれの音と共に、深い溜息が聞こえる。

――桑名さんって誰だろう。

やがてギシギシと縁側を歩く音が聞こえてきた。え？　こっちに来る？

ドキンと心臓が跳ね上がった結は、天井の節目を見つめながら固まった。襖の向こう側に慧がいる。かすかな息遣いが伝わってくる。ドキドキと激しく鼓動する心臓は、今にも口から飛び出しそうだ。

「……悪い。起こしちまったなら謝る」

襖を隔てた向こう側から慧の声がした。酷く疲れたように聞こえる。結は思わず口を開きかけたが、慌てて両手で口元を隠した。返事なんかしたら盗み聞きしてたのがバレバレだ。

迷っているような、なにか言いたいのに言い出せないような……そんな気配が感じられて、結はじっと息をひそめた。それはほんの数秒のことだったに違いないのに、ずいぶん長い時間に感じられた。

ギッと廊下の床板が鳴り、慧の足音が遠ざかる。座敷の襖が閉まる音を聞きながら、結はぷはーっと、大きく息を吐いては吸い込んだ。知らず知らず息を止めていたのだ。

ガチガチに緊張していた身体が一気に弛緩する。座敷の方からはしばらくごそごそと物音がしていたが、やがてそれも聞こえなくなった。

慧の応答からするに、電話は慧の家からだと思われた。桑名さんって誰なんだろう。榊外務大臣。テレビの国会討論で何度か顔を見たことがある。なかなかの男前のおかげで、メディアでは割と見かける顔だ。慧は父親似かも知れない。そう言ったら嫌がるだろうけど。

慧はいったいなにを抱えているんだろう。さっきの会話を聞く限り、慧は黙って家を出てきたようだ。

カエルの声に交じり、小川の方からキョキョキョキョキョキョキョと夜鷹の声が聞こえてくる。蒸し暑く、長い夜だった。結は何度も寝返りを打ちながら、慧も眠れない夜を過ごしているんじゃないかと思った。

そして、結がようやくうとうとと眠りに入った頃――。

「帰れ！」

訪問者はやってきた。

慧の怒声が響き渡り、結は驚いて跳ね起きた。な、なになになに！

慌ててバタバタと縁側を走っていくと、途中で慧とすれ違った。一文字に唇を結び、不機嫌さを隠そうともしない顔で大股に歩いてくる。どうしたのと尋ねたかったが、怒りに燃える目を見たらなにも訊けなかった。いったいなにが……。

玄関へ行くと、セツと二人のスーツ姿の男性が立っていた。一人は知らない顔だが、その背後に立っている男には見覚えがある。榊外務大臣だ。

「無作法な時間に大変申し訳ありません。八時には戻らねばならず、このような時間になってしまいました」

榊の前に立ち、セツに向かってきっちりと腰を折った男は、きれいに撫でつけた髪にシルバーフレームの眼鏡をかけていた。さらに細面の顎のラインに薄い唇が、男を神経質そうな印象に見せている。

慌ただしい結の登場に男は驚いたように結を見たが、すぐに表情を消し去るとセツに向き合った。セツは結を見ると、眉をひそめて頭から足の爪先まで睨めつける。

うわっ、忘れてた！　パジャマ代わりのTシャツにハーフパンツ。おまけに髪は寝癖でボサボサだ。

「し、失礼しました！」

慌てて駆け出す結の背後から、よく通る声が聞こえてきた。

「どうやら息子がご迷惑をかけているようで申し訳ありません」

部屋に戻りながらちらっと振り向くと、テレビで見たのと同じ顔の榊外務大臣の姿があった。まさかこのまま部屋に引っ込んでいるわけにはいかないだろう。セツのお客さんなら、結のお客さんでもあるのだ。どうしようと迷ったところで、外務大臣と対面できるほどの服なんて持ち合わせていない。しかたなくギンガムチェックのワンピースに着替えた。

「よもや本当にセツさんのところに伺っていたとは」

声は未だに玄関から聞こえてくる。てっきり茶の間で応対するのかと思っていたが、セツは相手が大臣だろうと石油王だろうと態度を崩さない。そこがかっこいいんだけどねと、結はこっそりと柱の陰から覗き見たのだが、すかさず慧の父親の視線に捕らえられ、結の心臓は飛び出しそうになった。じっと結を見据える視線は、強く鋭い。

国の上層部に立つ人間特有の威圧感がある。

結は背筋を伸ばすとセツの隣に立った。ここでおじけづいてはならないことは、経験上わかっている。堂々としていなければ、今後の立ち位置はこの男の下になってしまう。魔女は誰の下にもつかない。ついてはいけない。

「うちの孫です」

「八月一日結です」

ぺこりと頭を下げた。

「ほう。ではあなたが……」

――次の魔女。

「さあ。どうでしょうか」

セツはにっこりと笑みを浮かべた。襟足のところがゾクゾクする。若かりし頃はたいそうな美人だったと自他共に認めるセツは、齢は重ねていても充分に美人だと思う。そんなセツの営業スマイルは迫力がある。こういう笑顔は、内心苛立っている証拠だ。大抵の人間はセツの気迫に呑まれてしまうが、大臣の肩書は伊達ではないらしい。榊は相好(そうごう)を崩すと、声を上げて笑った。

「これは可愛らしいお嬢さんだ。こんな可愛い後継者をお持ちとは、実に羨ましい」

笑ってはいるが、その目は値踏みするように結を探っている。嫌な感じ。

「結さん、とおっしゃいましたか。どうか末永くよろしくお願いしますよ。なにか困ったことがあれば遠慮なくこれに言ってください」

これ、と榊に顎で示された眼鏡の男は「桑名と申します」と言いながら結に名刺を差し出した。

「はあ」

昨夜の電話の相手はこの人だったんだ。

「あれが大変ご迷惑をおかけしました。連れて帰りますので、呼んできてもらえませんか」

榊は物腰も口調も柔らかだが、有無を言わせない圧力を感じる。

慧を迎えに来たんだ。大学生にもなった息子を迎えに来るなんてと思ったが、それは心配をかけた慧が悪い。あれ？　でもそうすると、慧はいなくなっちゃうの？

いやいやいや。なに言ってるの、私！

結賀慧を呼びに行こうとしたそのとき、「榊さん」とセツが言った。

「榊さん。あの子をもう少しこちらでお預かりしたいんですがねえ」

「ほう。それはまた……」

榊は目を細めた。そうすると一層眼光が鋭くなる。

「しかし、わたしもあれがここへ来た理由を知らないわけじゃない。あれの妹のことでしょう。もしかして力をお貸しくださるつもりですか」

妹？　と結は訝(いぶか)しんだ。

「いいえ」

セツはゆっくりと首を横に振った。

「それなら」

「まあ、いいじゃありませんか。あの子は榊さんの望むとおりの道を進んでいる。ちょっと親子喧嘩をした程度で道を踏み外すとも思えません。それに正直なところ、うちも男手があって助かっているんですよ。あたしも寄る年波には勝てませんしねえ。そう。夏休みの間だけ。来年になればもう夏休みを楽しむなんてこと、できなくなっちまうんですから」

慧はK大法学部。政治家を目指すには申し分のない礎(いしずえ)だが、狭き門をくぐった学生にはさらに厳しいふるいが待っている。

『実の息子が死んで二日後だ。まだ葬式も済んでないってのに、親父の頭の中は跡取りのことでいっぱいだったんだ』

以前、慧が言っていた話を思い出した。どこまでが本当で、どこからが嘘なのかはわからない。けれど、そこには必ず真実が隠されているに違いないと結は思っていた。

「あなたもですよ、榊さん」

「わたし、ですか?」

「ええ。今のうちに身体を休めておくことも大事なことです」

「つまりそれは……」

榊の瞳孔がわずかに広がった。セツの予言とも取れる言葉に、瞳の奥には隠しようのない嬉しさが輝いている。桑名が「大変だ」と呟きながら、慌てて手帳をめくり始めた。

「そ、それじゃあ総選挙には当選できると……」

セツは答えなかったが、それが答えなのだろう。

「聞いたか、桑名! すぐに総理に報告だ」

急に慌て出した榊は「息子をよろしくお願いします」と言い捨てると、あっという間に黒塗りの車で帰っていった。

「やれやれ。バカな男だよ」

セツは薄単衣（うすひとえ）の和服の襟を整えながら、床を軋（きし）ませた。その後ろを歩きながら「なんであんなこと……」と結は尋ねる。

「あんなこと？」

「慧の進路のこととか選挙のこと。前に来たときは断ったんでしょう？　慧をここに置いておくためのサービス？」

そう言うと、セツはふふっと笑った。

「なにも特別な力を使ったわけじゃない。来年には慧は院に進むだろうし、新聞を読んでりゃ、あれの当選はよほどのことがない限りひっくり返ることはない。第一、あたしはひと言だってそんなことは言っちゃいないよ」

「そ、それはそうだけど……」

万一ということもある。

明日のことは誰にもわからない。たとえ魔女であってもだ。

「おまえさんは香住に似て心配性なところがあるね」

……おばあちゃんは楽観的すぎると思う。

「ああ。そう言や、パンがあったね」

白々と夜が明けてきた。いつもはご飯が炊けた匂いがするのに、今日はまだ誰も台所に立っていないせいで、家の中にはどこかよそよそしい空気が漂っている。

けほけほ、とセツが乾いた咳をした。

「まったく、あの男のせいですっかり身体が冷えちまった。結、お茶を淹れてくれるかい。一服したらパンを焼こう」

「はい」

結は黒い鉄の薬缶（やかん）に火をつけた。茶箪笥の中からセツの湯呑を出そうとして、ふと手を止めた。古伊万里（こいまり）の夫婦湯呑。セツの朱い湯呑の隣に藍色の湯呑がある。おじいちゃんの湯呑だ。

祖父は結が小学生の頃に病気で死んでしまった。覚えたばかりの魔法でおはじきを弾いてみせると「結は立派な魔法使いになれるなあ」と喜んで頭を撫でてくれた。セツを魔女と知りながら一緒になった祖父は、きれいなだけじゃない魔女の仕事を見て、なにを感じていたのだろう。

セツが台所の窓をからりと開けた。

「今日も暑くなるねえ」

窓の外は、乳白色の霧が少しずつ陽の光に払われるところだった。裏庭から続く林の緑が、フィルターをかけたみたいに霞(かす)んでいる。

セツがお茶を飲んでいる間に、昨日高木商店で買ってきた六枚切りの食パンを焼く。あいにくトースターなんてものはないので網で焼くのだが、ちゃんと見ていないとすぐに焦げて真っ黒になってしまうから要注意だ。それでもやはりというか、あちこち墨のように焦がしてしまった。焦げ臭いにおいが届いたのだろう。慧がむすっとした顔で台所に現れた。その手にはもいだばかりのトマトがあったから、部屋で拗(す)ねてばかりいたわけではないらしい。

朝食は少し焦げたパンにバターと木苺のジャム。蜂蜜入りのホットミルクにトマト。それからおばあちゃん特製の糠漬(ぬかづ)けだ。

「やれやれ。やっぱりあたしはご飯の方が好きだね」

眉を寄せるセツの隣を見ると、慧は相変わらずむっつりと黙り込んでいる。機嫌が悪いのが丸わかりで、話しかけるのを躊躇ってしまうようなピリピリとした空気を醸し出していて、たまったものじゃない。

なによ、慧のやつ。いつまでもウジウジと男らしくない。せっかくの美味しいご飯がまずくなるじゃん！

「……ごちそうさまでした」

「あれ、慧。パン、もう食べないの？」

一枚目をぺろりと平らげた結がパンの入った袋を指差すと「俺の分も食っていいぞ」と返事が返ってきた。いつもなら「おまえ、まだ食うのか」と嫌みのひとつも返ってくるところだが、慧は自分の食器を洗うとさっさと外へ行ってしまう。

慧、そんなにお父さんのことが嫌いなのかな……。

心配そうに背中を見つめる結の視線に気づかないほど、慧の表情は険しく、憎しみに満ちていた。

その日の夜のことだった。夢の中から誰かに無理やり引き戻されたようにぽっかりと目が覚めた結は、あれ？　と首をひねった。トイレかな？　と自問したが、特に行きたいわけでもない。

雨音がする。瓦屋根を打ちつけ、雨どいを伝って流れ落ちる雨はかなりの量だ。遠くの方から雷鳴も聞こえる。

薄闇の中の時計は真夜中の二時。寸前まで見ていた夢は、きれいさっぱり消えてしまった。しょうがない。ついでだからトイレに行ってこよう。この家のトイレは、西の外れにある結の部屋からだと、縁側を通り、茶の間から台所を抜けた先のお風呂場の隣にある。うっかりすると走って向かわなければならないのが玉にきずだ。

すっきりして手を洗っていると、洗面所の窓からも雨の激しさがわかった。裏庭の林の木々が大きく風に揺れる音に交じって、時折バケツの水をぶちまけたような雨が窓を叩く。まるで台風みたいだ。

「さむっ」

早く寝よ寝よ。ぶるっと身体を震わせた結は、つま先立ちで小走りに駆け抜ける。縁側に出たところで「ん？」と結は立ち止まった。なにかが聞こえたような気がしたからだ。耳を澄ませる。

「うぅ……」

うひゃっ！　思わずぴょんと飛び跳ねた。呻き声だ。まるで地の底から這い出てくるような低い呻き声。でもこの声は……。

慧？　そうだ。慧じゃん。元が低い声だけに呻き声はやたらと怖い。よくない夢でも見てるんだろうか。無視して通り過ぎようとしたが、これが続くとなるとこっちも眠れなくなるのは必定だ。慧の部屋に入るのは気が引けたけれど「しょうがないなあ」と言いながら、和室から奥の座敷に向かった。

「け……」

襖の引手に手をかけたときだった。ゾクリ、とした冷気が引手から伝わって、じわじわと身体を押し包んでくる。

「これは……」

この気配には覚えがある。アレだ。アレがいるに違いない。暗く吸い込まれそうな二つの目を思い出し、ごくりと唾を呑み込んだ。まさかここまで追ってきた？　部屋の前に立ちつくしていると、三和土で寝ていたタフィーが駆けつけてきた。

「タフィー」

「ヴヴヴ……ッ」

臨戦態勢のタフィーは襖の向こう側に向かって牙をむいている。

よし、と結はタフィーの助けを借りて覚悟を決めた。

「慧！」

スパンッ！　と勢いよく襖を開いた。

「っ！」

いた！　黒い靄の塊のようなものが慧の上に伸しかかっている。

「うっ、やめ……、頼む、やめてくれ……っ」

「慧！」

くるりとその目が振り向いた。こっちを見ている。ぽっかりと開いた深い闇色の目。

靄のようなものがゆっくりと動いた。う、嘘でしょ。こっちに来る。

結は思わず後ずさった。タフィーが結を護ろうと畳を蹴った。ところが、タフィーの鋭い牙は黒い靄を通り抜けてしまう。

「ウォンウォンウォンッ！」

おかしい。これだけ騒いでいるのに慧は目を覚まさない。

結が恐怖で身体を強張らせていると――。手だ。黒い手が、結に向かって伸びてくる。その手が結の首にかかろうとした瞬間、バンッと空気が破裂するような音がした。黒い手はなにかに弾き飛ばされたように見えた。

そうか。これだ……！　おばあちゃんの守護石。首にかけてあった柘榴石（ガーネット）を見ると、淡い光を放っている。そのとき、背後からいにしえの言の葉が聞こえてきた。

「おばあちゃん！」

振り向くとセツが頷いた。そうだ。こういうときこそ魔法の力だ。けれどそれは浄化の言の葉ではない。癒しの言の葉だ。どうして？

いや。迷っている暇はない。結もセツの言の葉に合わせて妖精の言葉を紡いだ。

『大丈夫。大丈夫だよ。安心して。あなたを苦しめるものはここにはないよ』

「……めてくれっ、いちか！」

ひゅうっと慧の喉が鳴った。次の瞬間、目の前に迫っていた手はあっという間に霧散した。森の中で見たときと同じだ。慧が喉を押さえながら咳き込んでいる。

「慧！」

結は走り寄って慧の背中を撫でた。

「慧。今の……」

ゲホゲホと苦しそうに咳き込んでいる慧は「わ、悪い」と背中を撫でている結の手を遮った。

「慧……？」

「俺、うるさかったよな。ちょっと嫌な夢見て……」

ははは、と誤魔化すように笑ったが、首にはじっとりと汗が噴き出している。

違う。慧はあの黒い靄の正体を知っているんだ。

「……悪かった。もう大丈夫だから、結も早く寝ろ」

慧はそう言って立ち上がると、セツに小さく頭を下げ部屋を出ていった。

慧……。

襖が大きく開け放たれた部屋からは、縁側の向こう側に広がる闇が見える。暗い。

普段は決して見ることのできない真の暗さだ。縁側の明かりに照らされて、闇の中から不意に現れた銀色の雨が、針のような鋭さで窓ガラスを叩いている。

「あの子が話してくれるまで待つんだよ」

おばあちゃん――。

セツは呆然としている結にそう言うと、寝間着の襟を引き寄せて部屋に戻っていった。雨の音だけが部屋中に満ちている。

慧はまだ戻らない。自分がいたら戻ってこないような気がして、結は腰を上げた。

いちか――。

それがあの黒い靄の名前なの？


結局、あれから一睡もできなかった。

「くあぁぁぁふ」と大きな欠伸をしながら玄関へ行く。一緒に涙も出た。

「おはよー、タフィー」

「ワフッ」

しっぽを振りながらぴょんぴょんと跳ねるタフィーは今日も元気だ。

玄関の引き戸は昔ながらのネジ式の鍵だ。くるくるとネジを回している間にも、タフィーが早く早くと急（せ）き立ててくるから、焦って余計に時間がかかる。

「はい、どうぞー」

「ウォンッ！」

勢いよく庭に飛び出していくタフィーを見送りながらもう一度欠伸（あくび）をしていると、

「でけえ口」といつの間にか起きてきた慧に鼻で笑われた。

「慧」

「ほら」と笊（ざる）とハサミを手渡された。

「ナスとトマト。あ、ゴーヤもな」

「えっ。あ、ちょ……っ」

採ってこいということだ。

「もおっ！」

口を尖らせながら畑に出ていこうとすると「長靴履いて行けよ」と注意された。

「わかってるよっ」

雨が降った翌日は、畑の中はぬかるんでいてサンダルなんかじゃ入れないのだ。サンダルを履いていた結は、慌てて長靴に履き替えた。これじゃあどっちがこの家の孫なのかわからない。慧の様子に変わったところはないように見える。本当に夢だと思っているのだろうか。

「うわ、すご……」

　夜の明けきらない畑は、まるで海の底のようだった。そこかしこに夜の気配が残る群青色の中に、棚引(たなび)くような霧が垂れ込めている。辺りの群青色を写し取った濃い霧のせいで一メートル先も見えないほどだ。長靴をぐっちゃぐちゃと鳴らしながら、タフィーの肢(あし)も後で洗ってあげなきゃと考える。

ナスはお味噌汁。甘い味噌で大葉と炒めたのも美味しいよねー。よし。これで夕飯のメニューは決まった。今日は英語の宿題を教えてもらう約束だから、夕飯の当番は結なのだ。小さいけれど鋭い棘(とげ)に注意しながらナスを採ったら、次はトマトだ。

　くるりと振り向いた結の視界で、隣の畝(うね)にさっと朱いものがよぎった。

「……詩乃ちゃん？」

　応えるように、白い霧の中から詩乃が恥ずかしそうに顔を覗かせる。

「詩乃ちゃんだ。おはよう」

「……おはよ」

囁くような小さな声だ。照れているのか、頬が赤くなっていて可愛い。

詩乃は、しきりにもじもじと前掛けのフリルを弄りながら「なんで？」と尋ねる。

「なんでみえるの？」

詩乃の姿が、という問いだろう。

「んー。たぶんもう少しで十八歳になるから、かな？」

「じゅうはち……。なんで？」

「魔女になるかどうかを決める年なの」

「ゆいちゃんも、おばあちゃんみたいにまじょになるの？」

「うーん。どうかな。まだ決めてないんだ」

「いっしょがいい！」

曖昧に笑ってみせると、詩乃は突然大きな声を出した。

「詩乃ちゃん？」

「ずっといっしょがいい！　しの、さみしかったんだもん！」

「詩乃ちゃん……」

腿の辺りをぎゅうっと締めつけられるような感覚がある。詩乃が抱きついている。

結は詩乃の頭を撫でようと手を伸ばしたが、すうっと通り抜けてしまった。

そう。これが限界だ。声も聞こえるし姿も見える。けれど詩乃はこの世の者ではない。寂しいと言った詩乃の気持ちは理解できる。明治の時代からずっと、誰にも認めてもらえずたった一人で彷徨(さまよ)い続けているのだ。そんな中で歴代の魔女だけが、詩乃の話を聞き、相手をしてきたのだろう。

結は詩乃の頭の辺りをふわふわと撫でるように手を動かした。本当は行くべきところに行った方がいいと思っている。この世に留まり続けたとしても寂しさは増すばかりだ。そもそも、どうして詩乃はこの世に留まっているのだろう？　幽霊は専門外だったが、魂の行くべき世界は知っている。妖精の国の隣。外(と)つ国の扉の向こう側にある、常世(とこよ)の世界。

「ウォンウォン！」

詩乃の気配を感じ取ったタフィーが霧の向こうからやってきた。案の定肢(あし)は泥だらけで、鼻の辺りも真っ黒だ。

「タヒー！」

タフィーも詩乃の友だちだ。タフィーと発音できず、タヒーになっているところがまた可愛らしい。詩乃がタフィーと遊び始めたので、結はその間にトマトを採ることにした。甘くみずみずしい水分をたっぷりと蓄えた真っ赤なトマトに、昨夜の雨の雫が光っている。野菜を収穫した結は、タフィーの背中に跨がっている詩乃に声をかけた。

「詩乃ちゃん。うちに来る？　朝ご飯半分こする？」

幼稚園の頃はなんでも半分こしていた。ご飯やおやつ、アイスクリームも。物理的に食べることはできないが、本人は美味しそうに食べる。

だが、詩乃は首をふるふると横に振った。

「いかない。……あのこがいるから」

「あの子……？」

ハッとした。詩乃ちゃん。昨夜の黒い靄。

「ねえ、詩乃ちゃん。詩乃ちゃんはあの子のこと知ってるの？」

「……しらない」

詩乃はきゅっと唇を噛むと、くるりと背中を向け走り去ってしまった。

「詩乃ちゃん……」

詩乃ちゃんはあの靄の正体を知っている？

詩乃が走り去った先から光が射してきた。足元に沈殿していた闇を払拭し、海底のようだった風景を一瞬で雲の只中のように変えた。真っ白な霧の中を朱い着物が駆けていくのをぼんやりと見送りながら、結は帰してあげなくちゃ、と思った。寂しかったと言って抱きついてきた足には、まだ小さな手の感触が残っている。気の遠くなるような年月を、寂しさだけで過ごさせるなんてだめだ。

現状、問題は二つ。ひとつはあの黒い靄。黒い靄のことはおばあちゃんが慧にお聞きと言っていた。慧に関係しているのは確かだ。

二つ目は詩乃ちゃんのこと。大切な私の友だち。私が寂しいときにはそばにいてくれた。今度は、私が詩乃ちゃんのために力を尽くす番だ。

＊
❖
＊

「あぶないよ？」

突然声をかけられた結は、驚いて「うわっ！」と飛び跳ねた。そのせいで川べりの草に足を滑らせ、あっという間に川の中に落っこちてしまった。幸い深さは子どもの膝下ほどだったが、ぼちゃん、と尻餅をついたおかげで、下半身は水の中だ。結が覗き込んで見ていた魚たちも、一斉に逃げてしまった。

「だからあぶないっていったのに」

結はむっとして顔を上げた。

「びっくりしたからだもん！　きゅうにこえかけるからだもん！」

冷たい。パンツもスカートもびしょ濡れだ。セツの庭に流れ込んでいる小川を辿って歩いてきた。森の中には、木陰や岩の間に生息する色んな生きものたちがいるのだ。遠くに行くんじゃないよとセツに釘を刺されたが、結はセツが見張りの妖精をつけているのを知っている。現に結が川に落ちたのを見た妖精が、慌ててセツに報告しに飛んでいったのがぼんやりと見えた。

「あーあ」

ザーッと水音を立てて川から上がると、水を吸ったスカートが足に纏（まと）わりついて気持ちが悪い。スカートを絞っていると「……おばあちゃんにいう？」と訊かれた。しょんぼ首をかしげると、その子はもう一度「おばあちゃんにいう？」と尋ねた。

りしていて、叱られる前の結みたいだ。

魔法の勉強をしているときのセツは厳しい。ふざけて魔法の言葉を唱えたりしていると——中には子どもが喜びそうな言葉のくり返しがある——容赦なくビリッと静電気が飛んでくるのだ。

「……おばあちゃんのことしってるの？」と尋ねると、その子はこくりと頷いた。

結は自分と同じくらいの歳に見える目の前の女の子を見つめた。朱い花模様の着物を着ている。でも、あちこちつぎはぎだらけだ。

結もお祭りのときに着物を着たことがある。だけど、今日は深山村でお祭りがあるなんて聞いていない。変なの、と思ったけれど、この子は着物が好きなのかも知れない。お母さんが街で着物姿の人を見て『いいわねえ。私も普段使いで和服が似合う女性になりたいものね』と言っていたのを思い出したのだ。

ちょっと他の子と違うというだけで、結は決して笑ったり意地悪したりしないと決めている。

『ゆいちゃんはうそつきだからさわらないで。さわるとうそつきがうつるもん』

『うそつきじゃないもんっ』

セツが魔女だと言っただけで、結は皆から仲間外れにされてしまった。誰も結のことを信じてくれない。いっぱい泣いた。嘘なんかついてないのにどうしてって先生にも訊いた。先生は困った顔で『そうね。でも今はごめんなさいって謝ろうね』って言うだけだった。

「いわないよ」

「ほんと？」

「うん。さっきはごめんね。かわにおちたの、こえかけられたせいだっていったりして」

言葉には言霊があるんだよっておばあちゃんが教えてくれた。結がそう言ったから、この子は自分のせいだと思ってしまったのだ。

「んーん」とその子は首を振った。頭の上で結んだ朱い紐も一緒に揺れた。

「なまえ、なんていうの？　あたし、ほずみゆい」

「……しの」

「しのちゃん？」

「うん」

「じゃあ、いっしょにうちにいってスイカたべない？」

「いいの？」

「おばあちゃんのスイカ、おいしいんだよ」

詩乃と喋りながら帰る道は楽しかった。「ぱんつ、おもらししたみたい」と言うと、詩乃はけらけらと笑った。

妖精の密告により、家の前で仁王立ちしていたセツは、詩乃を見るとおや、と眉を引き上げた。

「あたしのせいなの。あたしがゆいちゃんにこえをかけたから、ゆいちゃんびっくりしてかわにおちたの」

「ちがうよ。しのちゃんのせいじゃないよ。あたしがおばあちゃんのいうことききかなかったからあしがすべったの」

懸命に謝る二人に根負けしたのか「怒ったりしないよ」とセツは溜息ひとつで赦してくれた。詩乃について結が本当のことを知ったのは、それからすぐのことだった。

「しのちゃん、たべないの？　おいしいよ？」

「うん。おいしい」

「でもぜんぜんたべてないじゃん」

おかしい、と結はすぐに気づいた。詩乃を見ていると、確かにスイカを持って美味しそうに食べている。それなのに、詩乃の前にある皿の中身は少しも減っていないのだ。

「おばあちゃん、これ、まほうのスイカなの？」

「そうじゃない」

セツは首を振った。

「詩乃は魂……、幽霊なんだよ」

「え？」

結はぽかんと口を開けたまま固まった。口の中にはまだスイカの欠片が残っていて、唇の端から赤い汁がたらりと垂れた。

幽霊なんて大嫌いだ。おばあちゃんはたまに依頼者の要望で、死者を呼び出すことがある。そのほとんどが暗くて冷たい空気を纏っている。中には隙あらば結に取り憑こうとする不届き者もいるので、いつもセツの背中に隠れているのだ。

しのちゃんが、ゆうれい……？　隣に座っている詩乃を見ると、詩乃は美味しそうにスイカにかぶりついている。

「明治の終わり頃、詩乃は麻疹で死んだんだ。昔は薬がなかったからねえ。たくさんの子どもたちが死んでしまった」

結は今年の春に予防接種を受けたばかりだ。痛くて泣きたかったけど我慢した。

「詩乃もその一人だった。……ほら。口をお拭き」

手拭いを手渡され、結はベタベタになった手と口を拭いた。

「結。詩乃が怖いかい？」

結はぶんぶんと首を振った。

「……しのちゃんと、おともだちになったの」

「そうかい。そりゃあよかった」

セツは目を細めた。

「本当はあたしが連れていこうと考えていたんだが……。結。もしおまえさんが妖精の世界へ行くときには、詩乃を外つ国へ連れていってくれるかい？」

「とつくにって、ようせいのくに？」

「隣の国さ。人間の魂が最後に行きつく先の世界だよ」

「わかった。しのちゃん。いつかいっしょにいこうね」

「でも……」

詩乃は急に食べるのをやめると、しょんぼりと瞼を伏せた。

「やくそくしたの、……と。だからしの、まってなきゃだめなの」

「じゃあ、あたしがまじょになったら、まほうでしのちゃんの……をさがしてあげる。そしたらいっしょにいこうね」

「ほんとう?」

「うん。ゆびきりげんまん」

ゆーびきりげんまん　うそついたら　はーりせんぼん　のーます
結がセツの元に来るのは年に一度だけ。やがて幼稚園から小学校に入ると友だちもたくさんできるようになった。結を仲間外れにしていた子も、幼い頃の悪戯をいつまでも引きずってはいなかった。大人になるということはそういうことだ。

記憶は上塗りされ、詩乃の姿が見えなくなってしまった結は、セツを介してごめんねごめんねと何度も謝った。そんな結に、詩乃は「んーん。いいよ。ゆいちゃんがまじょになったらまたみえるようになるって、おばあちゃんいったもん。だからだいじょうぶ」と言ってくれた。

幼い声が記憶の底から聞こえてくる。

ゆーびきりげんまん

うそついたら

はーりせんぼん のーます……

——約束ってなんだった？

「うわぁ。これは痒そうだなあ。トネさん、大変だったでしょう」

背骨が浮き出た背中は、びっしりと赤い湿疹で埋めつくされていた。汗疹だ。

「誰のせいだと思ってるんだい」

ふん、と悪態をついたのは、九十歳を超えるトネさん。深山村最高齢のおばあちゃんだ。

「今年はセッちゃんが薬を作らないって聞いたから、我慢してやってたんじゃないか」

セッちゃんというのは、もちろん私のおばあちゃん。

「ごめんなさいね。お義母さんはセツさん贔屓だから……」

「ははは……。いえ、いいんです」

お嫁さんの運転する車でセツの家までやってきたトネさんは、毎年この季節の常連さんだ。

「あ、待ってトネさん！」

たくし上げていた肌着を下げ、脱いだ服を着ようとするトネを慌てて止めた。

「炎症を止めるクリームを塗ってあげるから」

「やなこった。あんたの作ったものなんか絶対に効きやしないんだから」

「お義母さんっ」

毒を吐くトネを慌てて止め、結とばっちりと目が合ったお嫁さんは、きまり悪そうに頭を下げた。

「……すいません」

「いやー、ははは……」

空笑いである。

「これは去年、おばあちゃんが作ったクリームです」

「なんだい。それなら早く塗っておくれ」

「はいはい」

透明なジェル状のクリームを、トネさんの薄い背中に丁寧に塗る。キンセンカやカモミールのエキスが入ったクリームは、汗疹やおむつかぶれに効果がある。セツが作ったクリームは、もうこれが最後の一個で、今棚に並んでいるのは結が作ったものばかりだ。

「やっぱりセッちゃんがこさえたものは違うねえ。もう治ったよ」

魔法の力が込められたクリームを塗って楽になったのだろう。トネさんはほっと肩の力を抜いた。

結はトネにハーブティーを勧めながら「これは今塗ったクリームと同じものです。お風呂上がりに塗ってください」とお嫁さんに小さなオレンジ色の容器を手渡した。

「それと、こっちが石鹸です。刺激がないように作ってありますから」

結に何度も頭を下げ、トネを乗せて走り去る車を見送りながら、結は大きな溜息をついた。

村の大多数は高齢者だ。トネもそうだが、セツの前の代の魔女も知っている者も少なくない。今年、セツは薬作りのほとんどを結に任せていた。いわゆる家庭常備薬のようなものならば、結は一人でも完璧に作れるようになっていた。だけど、技術だけではだめなのだ。そこに信頼関係がなければ。

『やなこった。あんたの作ったものなんか絶対に効きやしないんだから』

痛いなあ。痛いけど、これは村の人たちの本音だ。

小さい頃から、明るく素直で元気な結を、深山村の人たちは皆で可愛がってくれた。だが、薬や魔法に関しては別だ。トネだけが特別頑固者というわけじゃない。結と村民の間には、まだまだ信頼関係が成り立っていないのだ。

シクシクと痛む胸元を押さえながら、結はハーブ小屋へと戻った。カーテンを開けてティーカップを洗っていると、畑の向こうでタフィーが来訪者を知らせた。

「よし」と活を入れる。うじうじしたって始まらない。わかってもらえるまで、頑張るしか道はないんだ。

「結ちゃーん！」

あれ？　聞きなれた声がして外へ出ると、美樹が見たことのない女性を連れていた。

「この人、光さんの奥さんで聡美さん。高木商店の」

「ああ、高木のおばあちゃんの……」

光さんは高木のおばあちゃんの長男で、仕事の関係で横浜に住んでいる。聡美さんはきれいな人だけど、ちょっときつそうな印象を受けた。

「今、大丈夫？」

美樹はハーブ小屋に誰もいないのを確認して、結の顔色を窺うように尋ねた。

「うん。ちょうどさっき、トネさんが汗疹のクリームを受け取りに来てたとこ」

「そう。あのさ」

美樹が重い口を開きかけたとき「これはどういうことかしら」と鋭い声がした。

「え?」

「ちょっと聡美さん」

美樹との間に割り込んできた聡美は、手にしていたものを結に向かってずいっと差し出した。

「それ……」

聡美の掌にあったのは、慧と二人で届けた解熱剤の粉薬だった。

「義母から聞いたわ。これ、あなたが作ったんですってね」

「はい。おばあ……、祖母と一緒に作った解熱剤です。高木のおばあちゃん、夏風邪で少し熱っぽかったから」

「どういうつもり?」

聡美の目尻はキッと上がっていて、かすかな怒りが透けて見える。

「あなた。ちゃんと資格を持っているのかしら」

「資格？」

「素人が勝手にこんなもの作って、なにかあったらどう責任を取るつもり？　もしかしてアスピリンなんかが入ってたりするんじゃないの？」

「アスピリン？」

首をかしげた結を見て、聡美は「呆れた」と吐き捨てるように言った。

「そんなことも知らないでこんなものを作っているの？　薬事法に触れるどころか過失致死になるかも知れないのに！」

「聡美さん、少し落ち着いて」

すっかり頭に血が上っている聡美を美樹がなだめる。

「ごめんね、結ちゃん。聡美さん、光さんといっしょに同居の話をしに来たんだけど……」

「とにかくこんな暑いところで立ち話もなんだし……。中へどうぞ」

ハーブ小屋に二人を案内した。小屋の中はエアコンの風でひんやりと涼しい。

「んはーっ、いい匂い」

美樹は漂うハーブの香りを堪能するように目を閉じた。結はさっそく二種類のハーブティーを作り、氷を入れたコップに注いだ。ひとつは聡美に、レモンを絞り蜂蜜を垂らす。

「どうぞ。ミントとレモングラスのハーブティーです。それから美樹さんにはこっち。レモネードです」

不審そうにコップを睨みつける聡美に「やめてよ聡美さんったら」と苦笑しながら、美樹はたっぷりのレモンを絞ったレモネードを美味しそうに飲んだ。

「ハーブティーくらい、聡美さんだって飲んだことあるでしょう?」

「そ、それはまあ……」

美樹にそこまで言われて、聡美はようやく恐る恐るといった様子で口をつけた。

「……美味しい」

ぽつりと呟いた聡美に、結と美樹はこっそりと目を合わせて微笑んだ。

「ラベンダー、カモミール、ミント。これくらいはたぶん知っている人も多いんじゃないかと思います。ハーブとひと口で言っても、その種類は多すぎてわかっていません。太古の昔から、ハーブは人間の暮らしに密着して役立てられてきたんです。これはリラックス効果のあるハーブを使ってますけど、一般にアロマテラピーと呼ばれるものは、この香りを用いた芳香療法のことです」

「芳香療法?」

美樹の言葉に、結は頷いた。

「香りによって心身を癒すことです。美樹さん、小屋に入ってきたときいい匂いって言ったでしょう? それは香りが美樹さんの心と身体にマッチしていたからなの。でも、人によっては臭いと感じてしまう。それはその人の心と身体が求めているものと違っているから。上手に使えばとてもいい効果をもたらしてくれるんです」

「でもこれはハーブだけじゃないわよね。解熱効果のあるハーブもあるかも知れないけど、それだけじゃないはずよ。義母(はは)は熱があったそうだけど、夕方にはケロッと治ったって言ってたもの」

結の説明は、聡美の刺々しい声に遮られた。

「それは……」

どうしよう。深山村の人たちは、セツと結が魔女だと知っている。聡美の言うとおり、ハーブの力だけじゃない。確かに解熱効果のあるハーブを使っているが、それだけで病気を治すのは難しい。そこには魔女の力が込められている。だが、そんなことを言ったところで信じてはくれないだろう。

目の前で魔法を使って見せるのは簡単だが、それにはリスクが伴う。噂話と同じだ。誰にも言わないでね、は言ってもいいよと同じこと。

魔女の存在は公になってはいけない。細く入り組んだ蜘蛛の糸のような道筋は簡単には見つからない。魔女の存在を知っている者たちの口は堅い。願いを叶えてもらった者は口外すれば災いが訪れると信じているし、叶えてもらえなかった者が暴露したところで一笑されて終わる。多くの人にとって、魔女や魔法といったものは、想像の世界だけにあるものだからだ。

困った。聡美は深山村の住人ではないが、高木のおばあちゃんちのお嫁さんだ。

結が美樹を見ると、美樹は小さく首を振った。

——言ってないわよ。

うん。わかってる。深山村の住人は、代々この家で暮らしている魔女をこうして守ってきたのだ。結が考えあぐねていると、「ハーブだけですよ」と背後から声がかかった。

「おばあちゃん」

振り返ると、セツが悠然とドアを開けて入ってくる。

「外まで聞こえてきたんでね。悪く思わないでくださいよ」

「セツさん」

美樹はホッとしたようだが、聡美の表情が心なしか強張ったような気がした。どうやら面識はあるようだ。

セツは結の隣にゆったりと腰を下ろすと、テーブルの上で両手を組んだ。

「あたしにも同じものを淹れてくれるかい」

「あ。は、はい」

結は慌てて立ち上がった。

「聡美さん。元気そうじゃないか。光さんも元気にしているのかい？」

「え、ええ。まあ」

「そりゃあ結構」

大きく頷いたセツとは反対に、聡美は結にもわかるほどにそわそわと落ち着きを失くしていた。しかしそれは、聡美に限った話ではない。セツのことをあまり知らない人間の反応は大抵がこうなる。ぴっちりと撫でつけた白銀の髪に、齢を重ねても衰えることのない凛とした佇まい。じっと見つめられると、心の奥底まで覗かれてしまうような気分になる眼光。おまけに歯に衣着せない物言いで、かつてセツと口論になって勝った者は誰一人としていないのだ。

そんな素振りはおくびにも出さず、セツは結の渡したハーブティーをコップの半分まで一息に飲んだ。氷がカラカラと澄んだ音を立てる。

「それで？　同居のこと、高木さんは承知したのかい？」

セツが尋ねると、聡美はむっとした表情で顔を背けた。

「やっぱりかい。無理もないねえ」

「っ。どういう意味ですか」

「……迷惑をかけたくないって言ってたんだよ」

「え……？」

聡美から放たれていたピリピリとした空気が、ゆるゆるとほどけていく。

「おまえさんの気持ちは充分に届いているよ。だからこそ高木さんは一緒には暮らしたくないって言ってるのさ。知っての通り、高木さんは腰が悪い。あっちに行ったところで孫の面倒も見られないし、家事もできない。迷惑をかけるだけだ、とね」

「そんな……。そんなつもりで同居しようと言ってるわけじゃありません！」

「我儘に聞こえるかも知れないがね。高木さんはこの土地を離れたくはないのさ。もう歳も歳だ。向こうに行ったところで、どうせすぐに施設か病院送りになる。ここへ帰ってくることも二度とないかも知れない」

「それは……」

聡美が手元のコップに視線を落とした。裏の林からヒグラシの声が聞こえ始めていた。

「よくも悪くもここは閉鎖的な土地だ。ここに住んでいるのは、昔から田んぼを作り、畑を耕し、お互い支え合いながら生きてきた人間ばかりだ。高木さんもその一人さね。あの店はご先祖様の置き土産でね。高木さんの祖父の代で、やむなく田んぼを手離して商売を始めた。だけど村でたったひとつの商店だからね。町まで行けない年寄りにとっては、なくてはならない店なんだ。だから余計に高木さんはここを離れたくはないんだよ」

セツは窓の外に視線を向けた。妖精たちが飛び回るハーブ畑が、芳しい香りを辺りに放っている。夏野菜が実る畑。カッコウの囀る森。遠く連なる山の稜線。美しい自然は冬になるともうひとつの顔を現す。二メートルを超える積雪。除雪車が掻いても掻いても降り続ける雪は、畑も家もすっぽりと白で包んでしまう。便利な街の暮らしの中で育った結には、セツのような生活はできないと思っている。魔女になる決心ができない理由のひとつだ。

おばあちゃんは寂しくはないんだろうか。

魔女を辞めたいって考えたことはないんだろうか。

「だからこそじゃないですか。今日より明日。明日より明後日。どんどん歳をとるんです。ましてや独り暮らしで、なにかあったときに誰が助けてくれるんですか！」

「ここに住む皆さ。高木商店には毎日誰かがやってくる。それにおまえさん、毎日電話してるだろう？　光も留守電付きの電話に換えてやったっていうじゃないか」

「それはそうですけど……」

「おまえさんたちが大事に思ってくれてることは、高木さんも充分承知してるさ。それに村中の皆が知っている。なにしろ同じ話を耳にタコができるくらい聞かされてるからね。うちの嫁は光にはもったいない、いい嫁だってね」

黙り込んだ聡美の目が揺れている。セツは聡美の手にある解熱剤を指差すと「それにはハーブしか入ってないよ」と言った。

「なんなら調べてくれてもいいさ。昔から伝わる民間療法さね。病は気からと言うだろう。それを飲んで治ると信じれば治る。人間の持つ自然治癒の力を利用しているだけさ」

聡美はもう、薬事法の話をすることはなかった。

「あ、そうそう」

重い空気を追い払うように、美樹がポンッと手を打つ。

「結ちゃん。薄荷(はっか)スプレーの中身だけってまだある？　あったら欲しいんだけど」

「あ、はい。ありますよ」

結は美樹から空の容器を受け取った。

「それ、香りもいいし、夜寝る前に部屋にスプレーすると蚊も寄ってこないしね。最強だよ」

「ありがとうございます」

嬉しい！　ぱあっと結の顔が輝いた。

「あ。あともう一本欲しいんだけど。うちの旦那用に。ほ、ほら。畑仕事する前にシュッとすると虫に刺されないから。……だめかな？」

「大丈夫です。今年はまだたくさん残ってるから」

「そうなの？　毎年あっという間になくなっちゃうのに」

どうして、と美樹は首をかしげたが、答えは簡単だ。結は「はは……」と笑って席を立った。大きなガラスの容器に入っている透明な液体を、スポイトで吸い上げて詰め替える。それから、薬棚に並んでいるたくさんの薄荷スプレーを一本。

「今年はおばあちゃんじゃなくて私が作ったから」

「えーっ。なによそれ」

美樹は不満そうにぶーっと唇を尖らせた。

「しょうがないです。悔しいけど、私は……まだ見習い中だし」

聡美の手前、魔女見習いとは言えない。

『やっぱりセッちゃんがこさえたものは違うねえ』

再び胸がシクシクと痛み出した。悔しい。結は唇を噛みしめた。

そんな結の様子を見ていた美樹は「大丈夫だよ。私が皆に宣伝しとくから！」と、鼻息荒く大きなお腹を叩いて結を慌てさせた。

「もう一度、義母とよく話してみます」

聡美は結とセツに深々と頭を下げると、美樹と一緒に帰っていった。

「結」

コップを洗っていると、先ほどの結の表情を見逃さなかったセツが尋ねた。

「おまえさんは、どうして悔しいと思うんだい？」

どうして……？

泡だらけの手が止まった。どうして悔しいって……。それは……。

私は……、どうしてこんなに悔しいんだろう？

「ねえ。どうしてだと思う？」

尋ねると、畑の土を耕していた慧が、鍬を止めて結をじろりと見た。モロヘイヤや
ツルムラサキなどの夏野菜の代わりに、今度は冬野菜のための土づくりをするのだ。

本当に焼けたなあ、とわかるほどに浅黒い腕には、たくましい筋肉が盛り上がっている。

本来、冬は畑をやらない。自分で食べる分だけの野菜を育てるくらいだ。ところが今年は予想外の『手』が現れたため、急きょ家庭菜園を増やすことにしたのだ。

おばあちゃん――。

結は内心で上手く使われている慧に合掌した。

「おまえ、それを俺に訊いてどうする」

「え。だって……」

「先生の作ったものより、自分の方がいいできだと思ってるから?」

「まさか」

結は手と首とを同時に振った。

「私だって頑張っているけど、やっぱりおばあちゃんには敵わない。まだまだ教えてもらわなきゃならないこともたくさんあるし」

「トネさんに結が作ったものなんかいらねえって言われたから?」

「まあ……、それはちょっとあるかも」

慧の耕す畝のそばで、しゃがみ込みながら小石を拾っている結に「おまえ……」と呆れたように肩を落とした。

「結局、それが結の本心なんじゃねえの？」

「……なによ」

「自分で認めたくないだけだろ。本心ではなりたいんだよ、魔女に」

「………」

「トネさんに拒否られたときも、売れ残ってる虫除けも。本当は自分を認めてほしいんだろ？　だから悔しいって思うんじゃねえのか」

「……やっぱそうなのかな」

結は膝を抱えた。

自分でも気づいてた。本心では魔女になりたいって思ってる。ただ、それを認めたくなかっただけ。こんなド田舎で、畑を耕しながら薬を作ったり、たまに来る依頼人の話を聞くだけの生活なんて自分には向いてない、できそうにないって。だけどそんなのは言いわけだってことにも。

おばあちゃんが免許を持ってないだけで、世の中には車という便利な道具がある。

自分で運転すれば、どこにでも好きなだけ移動できる。テレビだってパソコンだって、どこぞのお偉いさんが工事してくれたおかげで、線さえ繋げばいいだけ。

高齢者の多い深山村も、確実に世代交代の時期を迎えているから、細々と存続していくだろう。私はトネさんだけじゃなくて、村の皆に認めてほしいんだ。おばあちゃんの孫で、代々受け継がれてきた次の魔女なんだって。

「あとは覚悟だけだろ。……ほら、そこ邪魔。つか、そばに寄るな。危ねぇ」

しっしと手で追い払われ、結はしゃがんだままよいせよいせと蟹(かに)のように移動する。

「じゃあ、慧は？　慧はなりたいの？　政治家に」

「……ああ」

かすかだが表情が変わったような気がした。

『大臣の息子か……。周りは皆そう言うよ。本妻の息子が死んでからは』

『やっぱ信じたかあ』

茶化すように笑っていたけど、あれは本当のことなんだって思った。大人の都合で強引に、敷かれたレールを走る電車に乗せられた慧。だけどそれは子どもだったからだ。今なら自分の力で電車からも下りられるはずなのに。それとも、他になにか下りられない理由でもあるんだろうか。

見上げると、ギラリとした夏の太陽が視神経を焼く。麦わら帽子で影になった慧の目の下には、焼けた肌でもわかるくらいの隈ができていた。

「ふーん」

結は摘まんだ石ころをポイッと捨てた。


かすかな風に、軒先に吊るした風鈴がチリンと鳴った。ジージーと虫の声がする。

——まただ。

座敷から聞こえてくる唸り声に、結は目を覚ました。

ほぼ毎晩のように、慧はうなされている。あの靄のような影がいるのだ。慧の目の下の隈の原因だ。何者なのかはわからないが、慧の知っている人物に違いない。それもかなり近い人物。

セツは最初、浄化ではなく癒しの言の葉を唱えていた。

大丈夫。大丈夫だよ。安心して。あなたを苦しめるものはここにはないよ――。

通常、浄化するのは、行くべき場所に行くことを拒み、強い負の感情に支配された魂だ。大抵は話せばわかるし、扉へ導いてあげれば、向こうの世界から迎えにも来てくれる。それさえも拒み続けていると、負の感情が固まり、もはや癒しの言の葉も通じなくなる。そうなった場合にのみ浄化をするのだ。

いた――。

黒い靄(もや)のような形は、負の感情に囚われ始めている印だ。

結は心を込めて癒しの言の葉を唱える。すると、結の言の葉に重ねるように、涼やかな風と歌うような声が聞こえてきた。結は同時に、自分が護られている、と感じた。

これは――。

今までには感じなかった現象だ。感覚的には慣れ親しんだ妖精のものだとわかる。

結の言の葉に引き寄せられた妖精……。それもだいぶ力の強い妖精が力を貸してくれている。唇から、指先から、経験したことのない力が溢れ出るのがわかる。

あっという間だった。慧の上に乗っていた影は、慄(おのの)くように震えるとふわりと消えた。

悪夢から目覚めた慧を見ながら、結は自分の手を開いたり閉じたりしてみた。いつもならセツの力を借りなければならなかったのに、今日は一人で霧散することができた。なぜだろう。十八に近づいているせい？

「悪かったな。大丈夫だ」

「……うん。冷蔵庫にレモネードあるよ」

「ああ」

汗ばんだ前髪を掻き上げる慧の周りには、頑(かたく)ななシールドが張り巡らされている。

慧……。慧の本当の気持ちが知りたい。慧がなにを抱えているのかを知りたい。夜ごとやってくる黒い靄(もや)の正体を慧は知っている。明日、ちゃんと向き合って訊いてみよう。そう決心して縁側に出た結は「うわあ」と驚いた。庭先が、妖精たちの放つ光に埋め尽くされていたからだ。

「な、なにこれ」

「これはまあ、盛大なこった」

「おばあちゃんっ」

セツの周りには魔女の力に吸い寄せられるように、妖精の光が飛び交っている。それはいつものことだが、驚いたことに結の周りにも妖精たちが集まってきた。

「わわわっ」

目の前を飛び、慌てて伸ばした腕や肩に乗るもの。Tシャツの裾から中を覗き込もうとする悪戯なもの。指先に纏わりつく光たちをよく見ると、その姿をはっきりと見ることもできた。

「痛っ」

妖精に髪を引っ張られ思わず声を上げると、風に揺れる木の葉のような笑い声まで聞こえる。

「どうやら答えは出たようだね」

セツはにっこりと微笑んだ。それは遠い昔、結が魔女の修業を始める前の笑顔だった。

「おばあちゃん。私……」

答え。それが意味することを、結はもう誤魔化せない。

トネさんに認めてもらえなかったことが悔しかった。戸棚の売れ残ったローションの瓶を見て、どうしてって唇を噛みしめた。分量も言の葉も同じなのにって。あたりまえだ。覚悟も決まらず、言われたことだけをやっていればいいと、生半可な気持ちでかけた魔法がいいものであるはずがない。同じ言の葉でも、おばあちゃんの心がこもったものと私のものが、まったく同じであるはずがないのだ。

セツはゆるりと首を振った。

「今夜はもう遅い。話はおまえさんの覚悟ができたときにしておくれ」

「おばあちゃん」

中学の頃から悩んでいた結の葛藤を、セツは誰よりもよく知っている。八月一日家の繁栄にも関わる重大な継承事なのに、セツは強要することも急かすこともしなかった。結の家族もだ。お父さん、お母さん、それに渉も。ずっと、皆のやさしさに甘えてきたんだ。

「おばあちゃん。私、ちゃんと話すから」

答えはもうここにある。結はそっと自分の胸に手を置いた。

「でも、もうちょっとだけ待っててほしいんだ」

慧と、あの黒い靄に力を貸したい。それから詩乃ちゃんに。

「わかってるさね。おまえさんのことは護り手に任せるよ」

「護り手？」

「さっきおまえさんに力を貸した妖精さね。魔女は代々妖精に護られてきた。あたしらは一人じゃない。さっき助けてくれた妖精がおまえさんの護り手となってくれる。いつかその名前を聞けるときが来る。それは秘密の名前だ。誰にも教えてはいけないよ」

「秘密の名前……」

そうさ、と頷いたセツは手をそよがせて、纏(まと)わりつく妖精たちを煩(わずら)わしそうに追いやった。

「おやすみ、結」

「……おやすみなさい」

セツの薄い背中を見送っていると、結の周りで飛び回っていた妖精たちが急に離れ始めた。庭先にいた小さな光たちがハーブ畑の方へと集まっていく。見ると、ラベンダーが咲いている辺りに、ほわりと白い光が浮かんでいた。バレーボールほどの大きさのそれは、どんどん大きくなって辺りに虹色の光を放ち始める。

「あ……」

誰かいる。光の中に何者かが立っていて、結を見ているのがわかった。飛び回っていた小さな妖精たちとは違う。人と同じ背丈ほどの妖精だ。うっすらと青く長い髪が見えるが、顔は定かではない。黒い靄（もや）を退けたときに感じたのと同じ力を感じた。

あの人が私の護り手。

彼──性別があるかどうかはわからないが──は、しばらくじっと結を見つめていたが、やがて集まった妖精たちを従えながら遠ざかっていった。遠くにぼんやりと見える虹のような光の先に、彼らの住む世界がある。

結はどくどくと脈打つ鼓動を精一杯押さえながら、やがて光が小さくなって消えるまで、まばたきも忘れて見つめ続けた。

はあ……、と溜息が零れる。すごい体験をした。きっとこの瞬間は一生忘れない。

「あっ」

今気づいた。お礼くらい言えばよかった。

「あーっ、私のバカ！」

結は思わず頭を抱えてうずくまった。

「もー、肝心なときに……」

きれいな人だった。あんな人が私の護り手になってくれるなんて……。

「……んふ」

頬が緩んできた。

「んふふふ……」

傍から見たらさぞや不気味な顔になっているだろうと思ったが、今は真夜中で結を見ている人は誰もいない。

――魔女殿のことは生涯わたくしが護ります。

――妖精さま!

結の脳内で繰り広げられている妄想は、ここ最近夢中になって読んでいる小説の中身にすっかり変換されている。

「なーんちゃって。てへっ」

一人照れながら顔を上げると、結を覗き込んでいる顔と目が合って「うわっ!」と尻餅をついた。驚いたのは相手も同様で、タタタッと花模様の袂を翻した。

「あっ。待って待って!」

慌てて名前を呼ぶ。

「詩乃ちゃん！」

ピタリと止まった詩乃にホッとした。同時に、こんな時間に珍しい、と思った。詩乃は幽霊だけど、普段現れるのは昼間だ。妖精の光に誘われたのだろうか。

「こんばんは。どうしたの、こんな時間に」

もじもじと前掛けのフリルを弄りながら、上目遣いに結を見ている。

あー。これはさっきの顔を見られちゃったな。

しょうがない。結はにっこりと笑顔を浮かべながら、おいでおいでと詩乃を手招いた。

「レモネード飲む？」

今夜は驚いたことがありすぎて、結自身も落ち着くことが必要だった。

すると、一瞬で詩乃の姿が目の前に移動した。座り込んでいる結の手に、透き通った小さな手を重ね「だいすきなの」と言う。

「あのこ、おにいちゃんがだいすきなの。だから……」

詩乃は言葉を探すようにきゅっと眉をひそめたが、どう説明したらいいのかわからないようだった。そのままふっと消えてしまった。

おにいちゃん——。

間違いなく、慧のことだと直感した。やっぱりあれは慧の妹さんなのか。とすれば、慧の妹さんは亡くなっているということになる。あの強い憎悪に満ちた黒い靄。道理で詩乃が近づきたがらないわけだ。

『妹の資金援助と交換に、大臣の息子でいることを受け入れることにしたんだ』

慧は知っていた。だとしたらどうして？

セツの部屋から小さな咳が聞こえてきた。やっぱり病院に行った方がいいのに。

心配する結に「ただの夏風邪さね。おまえさんは心配性だねえ」とセツは笑ったが、心配にもなる。魔女の厄介なところは、自分の生命のためには魔法を使えないということだ。魔女は自分以外の人間を助けることはできても、万一、命に係わる事故や病気になったとき、自らを助けることはできない。

明日、ハーブティーを作ってあげよう。カモミールと蜂蜜と、風邪によく効く魔法を込めて。

考えろ、私。どうすればいい？　どうしたら、慧とあの靄を助けることができる？

結は胸元にある石を握りしめた。深く濃い赤い石は、結の手の中で仄かな光を浮かべていた。

『一九九六年から去年までの新聞?』

「そう! 渉、図書館に行くでしょ。ついででいいから」

『ついでって……。アホか。受験生、ナメんなよ』

「受験生って、あんたまだ一年じゃん」

『大学受験は高校入学と同時に始まってんの。だいたい二十四年間に起きた事故なんて、どれくらいあると思ってるんだよ。ついでで調べられるほど単純じゃねえし。それに新聞にも載らない交通事故や病死なんて星の数ほどあるんだぞ』

電話の向こうの渉の声が響いて聞こえる。予備校のどこか広い場所で喋っているんだろう。

「じゃあ、榊外務大臣」

『は?』

「どんなことでもいいの。榊外務大臣について調べてくれない？」

『……姉ちゃん。なに企んでるんだよ』

「ひ、人聞きの悪いこと言わないでよ。別に企んでなんか……」

『わざわざ俺に頼んでくるってことは、魔法が使えないか、ばあちゃんに禁止されてるってことだろ。ちゃんと教えろ。じゃねえと指一本動かさねえかんな』

「考えすぎだって。ただ私は」

『切るぞ』

「わーっ！　ちょっと待った！」

渉がにやりと笑ったような気がした。

……生意気。いったい誰に似たんだか。

「……あのね」

しょうがない。結は渉に事情を説明した。むろん、すべてではない。夜ごとKさんという人物の元へ現れる黒い靄（もや）がいること。もしかすると、中学のときに離れ離れになったKさんの妹かも知れないこと。

結の護り手が現れた不思議な夜の翌朝。結はさっそく慧に話をしようと試みたのだが――。

「慧。昨夜は……」

「結。タマネギ取ってきてくれ。味噌汁の具が足りねえ」

「えっ」

「急げ。ダッシュ！」

「は、はいっ」

昼。

「ねえ、慧。ちょっと話があるんだけどいいかな」

「ああ。……そこ、間違ってるぞ」

「えっ。どこ？」

「ほらここ。あと、こっちもな」

「嘘」

「あとはちゃんとやっておけよー。俺は……あふ、ちょっと寝る……」

「えーっ。慧っ。寝ないでよぉ。話があるんだってば」

「ぐー」

そして夜も。

「慧。縁側でスイカ食べようよ」

「おまえ。さっき天ぷら食べたのもう忘れたのか?」

「まっさかあ。美味しかったよね、天ぷら。私、サツマイモの天ぷらが一番好きなんだ」

「だよな。俺の分まで食いやがって」

「ケチ臭いこと言わないでよ。スイカ一切れ多くあげるからさ」

「いらねえ。俺の腹を壊す気か」

「は?」

「天ぷらとスイカの食い合わせは悪いんだ。腹を壊す」

「うっそだあ。なによ、それ」

「先生にちゃんと訊いとけ。……まあ、結なら頑丈そうだけどな」

昨日は一日中のらりくらりとかわされてしまったことを思い出して、結は暗澹(あんたん)たる気持ちになった。

『それと味一(あじいち)のラーメンチケット』

「えー」

『嫌なら……』

「わかったってばー。ホント、嫌な性格」

『ごち。受験生は腹が減るんだよ』

「受験を免罪符みたいに使わないで」

味一は予備校の近くにあるラーメン屋さん。あっさり塩味のスープの下に醤油味のスープが二重になっているラーメンは絶品なのだ。

『なあ、姉ちゃん』

「なあに」

『決めたのか？』

「うん。決めた」

なにを、とは訊かなかった。

『……そっか』

「うん」

そっかあー、と電話の向こうで渉が伸びをするのがわかった。口では好きにすれば、なーんて飄々(ひょうひょう)としてたけど、色々と心配してくれてたもんね。

『これで八月一日家も安泰だなー』

「あ、でもお父さんたちには……」

『言わねえよ。ちゃんと自分で言うんだろ』

「うん。ありがとね、渉」

『煮玉子トッピングも……』

「調子に乗るな！」

　十枚ワンセットのラーメンチケットは、お得だけどお財布には痛い。予備校の前に味一で腹を満たし、帰ってきたら夕飯をおかわりして食べるんだから、男子高生の食欲はすごい。

　久しぶりに渉と喋ったことで、気分が上向くのを感じながら、結は部屋に戻った。キャリーバッグを開け、ガサゴソと中を探し始める。

「あった！」

　手にしたのは紙飛行機……いや、再提出となった進路志望調査のプリントだ。結は丁寧に折り目を開くと、膝の上で皺(しわ)を伸ばした。ペンケースとプリントを持って茶の間へ向かい、丸い卓袱台（ちゃぶだい）の上に広げる。

――卒業後の進路志望を、できるだけ具体的に記入してください。

結は瞼を閉じ、すーっと息を吸い込むと吐き出して目を開いた。よし。

第一志望。

カリカリとシャープペンの芯が削れる。第二志望と第三志望欄には『同上』と書いた。もう一度プリントを手に取り、書いた箇所を見直していると、麦わら帽子を被ったままの慧がやってきた。

「結。村の原田（はらだ）さんって人が来てるぞ。結の作った汗疹（あせも）の炎症止めが欲しいって。よく効くってトネさんから聞いたらしい。ガーデンハウスに案内しといた」

「えっ、嘘！」

ガバッと振り向いた結の目が大きく見開かれた。

「先生じゃなく、結ご指名だそうだ」

まさしく脱兎（だっと）のごとし、だった。立ち上がったとき、卓袱台（ちゃぶだい）に膝をぶつけていたがそれも気にならない。

「ったく……」

大慌てで家を飛び出していく結を笑いながら見送った慧は、卓袱台(ちゃぶだい)の上のプリントに気づいた。

「進路志望調査……？」

なんでこんなに皺(しわ)だらけなんだ、と訝(いぶか)しげに覗き込むと、第一志望欄には『ハイテク魔女』と元気な文字で記されていた。

ぶっ、と慧は噴き出した。

「あっははは！」

家中に大きな笑い声が響き渡り、木陰でうたた寝をしていたタフィーが驚いて顔を上げた。

ゆびきり

『風の精。火の精。水の精。大地の力をして扉を開く。我、光に属するもの、闇に属するものの狭間に立てり。八月一日契の名において我に力を与えよ』

セツはハリエニシダで作った箒(ほうき)を振り上げながら、宙に大きな円を描いた。魔法円と呼ばれるもので、これが死者の世界とこちら側の世界の境界になる。箒(ほうき)が辿った宙に、青白い光の魔法円が生まれた。

「すげえ」

「しっ」

結は慧の脇腹を小突いた。夜空は星の瞬きも遮られるほど厚い雲に覆われ、魔女の儀式を行なうには絶好の闇が垂れ込めている。慧には邪悪な霊から身を護る魔法と、魔法の力を見ることができる魔法をかけてある。普段は見ることのできないセツの力を目の当たりにできるというわけだ。

通常、魔女の儀式は秘匿中の秘匿だ。魔女とごく一部の人間しか儀式に参加することは許されない。ごく一部の人間……すなわち儀式を行う動機となる人物のことだ。慧には「特別だからね。一応おばあちゃんの弟子ってことで、本当に特別なんだからね」と言ってある。

「おばあちゃん、お願いっ。お願いします!」

昨夜、結は畳に頭をこすりつけながらセツに頼んだ。

「頑張って、慧にちゃんと話してもらおうとしたよ。でも慧は心を開いてくれない。このままだと慧も闇に囚われてしまう。だからお願いします!」

畳の目も数えられないほど額をこすりつけた結の頭の上に「やれやれ」と、セツの溜息が降ってきた。

「……ごめんなさい」

「いいんだよ。わかっているさね」

セツはゆるりと首を振った。

「元はと言えばあたしが悪いんだ。あの子の願いを聞いてやらなかったんだから」

「願い……?」

「慧は父親を今の地位から失脚させてほしいと言ってきた」

「今のって……、外務大臣の？」

頷いたセツを見ながら、結は慧の父親が迎えに来たときのことを思い出していた。

確かにあのときの慧は、お父さんをすごく怖い顔で見ていた。

「だがそれではなんの解決にもならない。一時は溜飲（りゅういん）も下がるだろうが、時間が経てばまた同じことの繰り返しだ。慧の心の中に憎しみがある限り、慧も妹も救われないからね」

「妹って……。おばあちゃん知ってたの？」

「色々考えたが、それ以外の答えに辿りつかなかっただけさね。……渉に聞いたよ」

「えっ」

「結が困ってるから助けてあげたい。それ以上のことは手を出さないから許可してくれってね」

「いつの間に……」

渉の飄々（ひょうひょう）とした顔が浮かんだ。八月一日家の秘密を抱えた結は、嘘をつかなければいけないという自己嫌悪から、なかなか友だちができなかった。泣いて愚痴（ぐち）る結の一番そばにいてくれたのは、やっぱり渉だった。

『誰だって秘密のひとつや二つあんだろ。姉ちゃんの場合はたまたま魔女だってことだけだ。気にすんな』

「それに、あたしも渉の情報を少しばかり利用させてもらったから、おあいこだ」

セツは悪戯（いたずら）っぽくふふっ、と笑った。

おばあちゃん。なんだか少女みたい。セツは最近よく笑うようになった。

『結。今日からここで、あたしと魔女の勉強をするんだよ』

幼稚園で嘘つき呼ばわりされ、幼い心を痛めたときからずっと、セツと結は師弟関係だった。それがようやく、本来の祖母と孫の関係に戻りつつあるような気がする。

魔法の言の葉が刻まれた青い炎の魔法円は、音もなく静かに燃え上がっている。

八月十三日。今日このときから十六日の午前零時まで、この魔法円は死者の世界とこちら側の世界を結ぶ扉となるのだ。青い炎の中には乳白色の膜が張っているが、時折膜の向こう側に蠢（うごめ）く白い影が見えたりして、結は思わず両腕を抱いて身震いした。

「慧。これには決して近寄るんじゃないよ。うっかり近づくと引きずり込まれるからね」

神妙に頷いた慧を確認すると、セツは家に戻っていった。

「で。これはなにに使うんだ？」

結の耳元で、慧が小さな声で訊いてくる。くすぐったい。肩を竦めながら、結もセツの後を追う。その後ろに慧がついてくる。

「もう普通の声で話していいよ」

「なんだよ、早く言えよ」

慧は片眉を引き上げた。

「毎年、お盆とお彼岸は特別な依頼が多いから結構忙しいんだよ」

慧の吐息がくすぐった耳を、結はごしごしとこすった。

「特別な依頼ってなんだよ」

むろん死者に関することだ。けれども結は「すぐにわかるよ」と言って、つん、と鼻を上に向けた。バカ慧。他人の心配なんかしてる場合？　この機会を逃したら、いちかちゃんは永遠の闇に囚われてしまうのに。

「なに怒ってるんだ？」

「怒ってない」

「怒ってんだろうが」

ぐいっと右肩をつかまれ、慧の顔が飛び込んできた。

「っ」

「やっぱ怒ってんじゃねえか」

ち、近い。思わず足を止めた結の顔を、慧はまじまじと覗き込んでくる。

「あれ？　結、顔が赤……」

「もおっ！　いいからどいて！」

結は慧の胸を両手で力一杯押した。半歩ほど後ろに下がった慧は、なおも「風邪でもひいたんじゃねえのか」と近づいてくる。

「いい加減にして！」

「な、なんだよ」

おかしい。どうして自分は怒っているんだろう。

「慧はずるい」

「はあ？」

「私は慧に隠し事をしてない。なのに慧は全然心を開いてくれない。私を信じてくれてないじゃん！」

もう半月以上同じ屋根の下で暮らしているのに、結は慧がした自己紹介以上のことを知らない。その事実に今さらながら愕然とした。

「なんだよ、それ」

慧の顔が歪んだ。

「毎晩うなされてるの、自分でもわかってるでしょう？　本当はどうしてなのかもわかってるはずなのに。それなのに一度だって私を頼ってくれないじゃん」

慧は黙って口を一文字に引き結んでいる。

「……いちかちゃんなんでしょう？」

「！」

慧の肩が揺れた。見開いた目で結を睨む。

「どうしてそれを……」

「慧は間違ってる。いちかちゃんは事故で亡くなったんでしょう。お父さんのせいじゃないし、ましてや慧のせいでもない」

「……やめろ」

「慧がいつまでもいちかちゃんの死に囚われているから、だからいちかちゃんは……」

「やめろって言ってるだろ！」

ビシッと宙に亀裂が入るような怒声だった。

「おまえには関係ない！　首を突っ込むな！」

憎しみに燃えているような目だった。この世のすべてを拒絶しているかのような背中を見送りながら、結は今にも崩れそうな膝で必死に立っていた。

関係ないって言われちゃった。おまえ、に戻っちゃった——。

怒鳴り声に驚いたのか、タフィーが心配そうにこっちを見ながら鼻を鳴らしている。そうだ。儀式のためにリードで繋いでいたんだっけ。タフィーはギリギリまでリードを張って、うろうろと歩いている。

ごめんね、タフィー。もうちょっとだけ待って。私、諦めるつもりはないから。大丈夫だから……。だから、もうちょっとだけここで泣かせて。

ウォンウォンウォンウォン！　外で吠えているタフィーの声で、沈んでいた意識がふわりと浮上した。部屋の中はすでに明るく、時計を見ると朝の五時を過ぎている。しまった、寝坊だ！　と慌てて跳ね起きたところで「そっか、お盆休みだっけ」と思い出した。お盆期間中は直売所が休みなので、野菜を収穫する必要がないのだ。この時期は、縁側にお金を入れる箱を置いて、欲しい人が採りに来ていいことにしているから無駄にはならない。結は大きな欠伸をした。久しぶりにぐっすりと寝た気がする。

それにしてもタフィーはどうしたんだろう。一定のリズムでずっと吠えている。あれは家人になにかを知らせる吠え方だ。

なにかを――？

嫌な予感がした。結は着替えもせずに家を飛び出した。

「タフィー！」

「ウォンウォンウォン！」

タフィーは魔法円の前で、前肢をピョンピョンさせながら吠えている。

「おばあちゃん！」

セツもいた。

「結」

来たね、と振り向いたセツは険しい表情をしていた。その表情は、結の予感が的中していることを示している。それでも確かめずにはいられずに「どうしたの？」と尋ねた。声が震えた。

「慧が中へ入った」

「！」

結は思わず両手で口元を覆った。そういえば昨夜は慧の唸り声で起こされていない。道理でぐっすり眠れたわけだ。

「もしかしていちかちゃんが……」

慧を連れていったのだろうか。しかし、セツは首を横に振った。

「わからない。そうかも知れないし、あの子が自分から入ったのかも知れない」

「そんな……」

宙に描かれた魔法円は、昨夜と同じ青い炎を上げている。常世と現世の境界。向こう側がどうなっているのか、結はもちろんのことセツにもわからない。わかっているのは、足を踏み入れて帰ってきた者はいないということ。

「おばあちゃん！　慧は……、慧はどうなっちゃうの⁉」

「ここから先は死者の世界だ。生者は死者の世界に立ち入ることはできない。おそらく慧は中有の迷路で彷徨っているだろう」

　中有の迷路は死者の世界へ向かう途中の道のことで、魂と同じ数だけ存在する。死者は自分だけの道を通り、己の魂に見合った死者の世界へと行くのだ。

　しかし、慧は生者だ。生者である者に中有の道は用意されていない。となると、どこへ行くこともできず、迷路のような中有の道を永遠に彷徨い続けるしかない。

「助けなきゃ！　なにか、なにか方法は……」

「結」

「そ、そうだ。結びの魔法は？　私に結びの魔法をかけて、おばあちゃんと繋いでおけば……。慧を連れて帰ってこられるかも。そうだよ、そうしたら……っ」

「結。結、落ち着きなさい」

　藍染の作務衣に縋りついていた手首をつかまれ、しっかりと視線を合わされた。

「結。死者の世界へは妖精たちも立ち入ることは許されていない。こればかりは妖精に助けを求めることもできないし、魔法の力も使えないんだよ」

「そんなこと……、そんなこと知らない」

嘘だ。本当はちゃんと知っている。

「そんなこと知らないよ！」

妖精には魂がない。魂を持たない者が死者の世界に行くことはできない。ちゃんとわかってる。おばあちゃんに教えてもらったんだもん。だけど、だけど慧を見捨てるなんてこと、私にはできない！

「慧を助けるって決めたんだもん！」

迷っていた結の背中を押してくれたのは慧だった。

『自分で認めたくないだけだろ。本心ではなりたいんだよ、魔女に。あとは覚悟だけだろ』

「……ならないから」

「結」

「慧を……、大事な人も助けられないのに、他の人なんて助けられない！　そんな力ならいらない！　私、魔女になんてならないから！」

「結……！」

ふわりとハーブの匂いに包まれた。セツだ。セツの腕にぎゅっと抱きしめられている。何年ぶりだろう。小さい頃は何度もこうして抱きしめてもらったっけ。おばあちゃんはいつも四季折々のハーブの匂いがして『おばあちゃん、だいすき！』と抱きつくと『おやおや。この甘えん坊は誰かね』と言いながら抱きしめてくれた。久しぶりに抱きしめられた結は、いつの間にかセツの背丈を追い越していたことに気づいた。

「おばあちゃん……っ」

ボトボトと涙が零れ落ちた。

『……慧だ。あんたじゃねえ。慧だ』

唇の端を上げた皮肉な笑顔。

『ずるいよな、魔女の血とか。そんな奇跡みたいな力、どれだけ願っても手に入らない』

なんの力も持たない小さな子どもだった慧は、大人の都合で乗りたくもない電車に乗せられた。約二十年分の新聞を調べた渉が教えてくれた。

『崎山静香(さきやましずか)。二回結婚したけどうまくいかなくて、生活保護を受けている』

『生活保護？　でも榊さんの……』

愛人だったんでしょ、とは口に出さなかったが、電話の向こうにいる渉は結の言いたいことも汲み取ってくれた。

『そのへんはわかんないけど、最初の結婚では山の手のタワーマンションでずいぶんセレブな生活を送ってたらしいから、たぶん手切れ金だろうな。援助があるなら生活保護なんて受ける必要ないわけだし』

榊は慧を引き取った際に多額の手切れ金を手渡し、法的にもブラックな部分がないようにしたと考えられる。榊大臣の公式ホームページには、慧を次男として公にしてある。残されたいちかちゃんがどんな境遇にあったのか、想像するに容易い。慧はきっと、そんないちかちゃんを一生懸命支えようとしていたに違いない。

『三年前の新聞にあったよ。その日はクリスマスだったから』

渉が郵便で送ってくれた新聞には『クリスマスの悲劇』という見出しがあった。

二十四日午前二時頃。近くに住む高校一年の崎山いちかさん（十六）が乗用車にはねられ、頭などを強く打って死亡した。警視庁はひき逃げ事件とみて捜査――。

十行にも満たない小さな記事だった。

慧が叶えたかった願いは父親の失脚。私が慧の立場だったら、それまでなんの連絡もなかったくせに長男が死んだ途端に掌を返したように自分を連れ去り、妹と引き離したお父さんを恨んだと思う。だけど、本当に叶えたかったのはそんな願いじゃなかったはずだ。

『俺の家族はあいつだけだった』

『妹が苦労することのないように、資金の援助と交換に大臣の息子でいることを受け入れることにしたんだ』

結はわあわあと声を上げて泣いた。涙も鼻水も一緒になってセツの肩を濡らしたが、セツはなにも言わずじっと抱きしめていた。それ以外にできることはないのだと言うように。

「どうした、詩乃？」

……詩乃ちゃん？

えぐえぐと泣きながら振り返ると、詩乃がそばに立っていた。詩乃は涙も鼻水もいっしょくたになっている結を見るとギョッとしたように目を見開いたが、駆け出したい足を踏ん張って耐えている。

「あのね」

詩乃は前掛けの裾を手繰(たぐ)りながら「ゆいちゃん、あっちにいきたいの？」と尋ねた。

小さな指が魔法円を指す。そして「いっしょにいく？」と小首をかしげた。

「……え？」

結はずーっと洟(はな)をすすった。

「しの、あっちにいけるよ。こっちにもこれるの。しのといっしょにいく？」

あっちとこっち？　結とセツは顔を見合わせた。そ、そうか。詩乃は元々幽霊だ。
向こうの世界とこちらの世界、両方を行き来できても不思議じゃない。

「おばあちゃん！」

「っ、酷い顔だねえ」

「いや、今それどころじゃ……」

「ほら、ちゃんと顔をお拭き」

セツに手渡された手拭いで顔を拭き、ついでにビーッと洟(はな)もかんだ。泣いてる場合
じゃない。

「詩乃ちゃん。私も一緒に連れてってくれるの？」

詩乃は頷いた。

「おばあちゃん」

セツを見ると、セツは大きく頷いた。

「今まで中有から戻ってきた人間はいなかった。それは中有の道が迷路のように入り組んでいるからだ。だけど詩乃がいれば……」

「戻ってこられる！」


「いいかい結。決して深追いをするんじゃないよ。あれはもうずいぶんと闇に囚われている。今や慧を取り込むのに必死だ。とは言え、力ずくで慧を連れていくのは無理がある。慧の意志がなければね……。説得は難しいかも知れない。どうしても無理だとわかったときには、おまえさん一人でも必ずこっちに戻ってくるんだよ。いいね？」

「はい」

結はしっかりと頷いたが、それでもセツは心配そうで「詩乃。頼れるのはおまえさんだけだ」と詩乃にまで言い含めた。

「しの、ゆいちゃんとかえってくる。……やくそくする？」

詩乃が首をかしげて小指を差し出した。セツは繭のように白く小さな指を見ると、首を横に振りながら笑う。

「やめておこう。いくつもの約束でおまえさんを縛りつけるのはよくないからね。大丈夫。おまえさんを信じているよ。結を頼むよ」

詩乃はじっとセツの顔を見た。濡れたような瞳の奥には、セツでさえ知らない長い時間が蓄積されている。向こうの世界に行けるのに、どうして詩乃はこっちの世界に帰ってくるんだろう。おばあちゃんは知ってるみたいだけど、なにか大切な約束でもあるのだろうか。

ゆーびきりげんまん　うーそついたら　はーりせんぼん……。

記憶の引き出しがわずかに開いた。

約束――。

そうだ、約束だ。詩乃と交わした約束がある。あれはなんだった？　とても大事な約束だったはずなのに思い出せない。

「……い。ゆ……い。結！」

「おばあちゃん……」

セツは眉をひそめた。

「大丈夫かい？　ほら、詩乃に置いていかれるよ」

見ると詩乃は、青く燃える魔法円に手をかけ、よじ登っている最中だった。いけない。本当に置いてかれちゃう。

「おばあちゃん、行ってきます！」

慌てて詩乃を追いかける。魔法円に向かって走っていく結の背中で「忘れるんじゃないよ！」と念を押すセツに、結は大きく手を振って応えた。

地面から五十センチほどのところで宙に浮かんで燃えている青い炎。丸い輪を跨ぐようにして足を踏み入れる。炎は熱くない。むしろひやりとする冷たさが剥き出しの腕を掠めた。

「うわ」

真っ白な霧の中へと迷い込んだみたいだった。うわ、と驚いた声があちこちに反射して、うわうわうわうわ……と返ってくる。後ろを振り返ると魔法円は消えていて、とぷんと白い空間だけが広がっていた。

「ゆいちゃん。こっち」

詩乃がおいでおいでと手招いている。朱い着物は白いだけの世界に、圧倒的な存在感を放っていた。なぜか詩乃の声は反射することもなくちゃんと聞こえる。この世界で異質なのは結の方なのだ。

「待って、詩乃ちゃん」

待って待って待って待って――。

耳元でわんわんと反響する音が不快だった。詩乃に追いつくと、つい、詩乃を促そうと小さな背中に手を添えた。

「あ……」

いつもなら通り抜けてしまうはずの手が、ちゃんと詩乃の背中を捉えている。詩乃も驚いたように結を見上げた。

「詩乃ちゃんに触れた」

「……ゆいちゃん」

「詩乃ちゃん！」

結は思わず詩乃を抱きしめていた。

「詩乃ちゃんだ！　詩乃ちゃんがいる！」

「ゆいちゃん！」

十年以上触れることはおろか、見ることもできなかった小さな友だち。二人はぎゅうぎゅうと抱き合って、心から触れ合いを楽しんだ。そうしてひとしきり抱き合うと「へへへ」とどちらからともなく笑い合った。

「行こっか」

「うん」

はい、と結が差し出した左手を詩乃がつかむ。小さくてふくふくとした手。覚えておこう。つかみどころのない幽霊なんかじゃない。確かに詩乃はここにいるのだということを。

「詩乃ちゃん。ここは詩乃ちゃんがいつも通ってるところなの？」

「わかんないの。ここにはいっぱいきたの。でもだあれもいないの。おはなしか、さいてないの。でも、ちょうちょがとんでるの。ひらひら、ひらーって」

言いながら、詩乃は左手を宙でひらひらと泳がせた。

「お花……？」

「うん」

詩乃は周りの景色を見渡すように左右を見ている。おかしい。結には真っ白な霧が見えるだけだ。詩乃にはここが花畑に見えるのだろうか。

「いた。あのひと」

「えっ」

詩乃が指差した遠くの方に、ぼんやりと座り込んでいる人影が見えた。白い靄に包まれてはっきりとはわからないけど、慧に違いない。

「慧！」

人影がこっちを見た。詩乃の手を繋いで走る。驚くほど身体が軽い。

「……結？」

結を認めた慧は、驚いたように立ち上がった。

「慧！　よかった」

結は、慧を確かめるようにその腕をつかむ。慧は「どうしてここに……」と眉をひそめると、結の隣にいる詩乃を見た。

「もしかして、その子が詩乃か？」

詩乃がこくりと頷いた。

「そうか。おまえが……」

やはりちゃんと見えるようだ。

「詩乃ちゃんに連れてきてもらったの。そうじゃなきゃ捜しに来られなかった。ねえ、帰ろう？　おばあちゃんも心配してるよ」

「……俺は戻らない。結は帰れ」

「慧！」

つかんでいた腕を振り払われた。

「ここは私たちがいていい場所じゃないんだよ。こんなところにいたら今度は私たちが幽霊になっちゃう。ねえ、一緒に帰ろう」

「結。俺は……」

口を開きかけた慧の目が、大きく見開かれて結を見た。いや。違う。結の後ろを、だ。詩乃が怯えたように結の腰に縋りつく。ぞわり、と結の背筋に悪寒が走った。恐る恐る振り返ると、制服姿の女子高生がこちらに向かって歩いてくる。

「いちか……」

あの子が、いちかちゃん——。

背中に流れる黒い髪。少し大人びたきれいな子だ。いちかの唇には笑みが浮かんでいて、その目はじっと慧だけを見つめている。まるで、ここには慧しか存在していないかのように。肌がぷつぷつと粟立っていく。

いちかは、よくあるブレザータイプの制服を着ていた。緑のリボンタイ。グレーと緑のチェックのスカート。だけど普通じゃない。なぜかその姿はぶれて見える。まるでテレビの映像が切り替わるように、もうひとつ別の姿が映り込むのだ。

半分えぐれた顔。不自然に曲がった足。破れたブレザーやスカートは赤黒く染まっていて、剥き出しになった白い腕が痛々しい。注視に堪えない姿は、事故で亡くなったというういちかちゃんの最後の記憶に違いない。

「お兄ちゃん」

「……いちか」

「だめ！」

結は思わず慧の前に両手を広げて立ちはだかった。嬉しそうだったいちかの目が、一瞬で剣呑（けんのん）な光を湛（たた）え、結を見据える。

「邪魔ヲスルナ、魔女」

その声はもはや可愛らしい女子高生のものではなかった。まるで地の底から響いてくるような声。可憐な姿とのギャップが恐ろしい。

「いちかちゃん。お願いだからもうやめて。こんなことをしても慧が苦しむだけだよ。いちかちゃんと慧は住んでる世界が違う。同じところにはいられないんだよ」

ザザッと姿が変わる。耳まで裂けた真っ赤な口で、結を嘲笑（あざわら）う声が響き渡る。

「ナニモ知ラナイクセニ、イイ加減ナコトヲ言ウナ」

そう言うと、また元の姿に戻った。

「お兄ちゃんはずっと私といるの。約束したんだから。あの日だって、本当はお兄ちゃんとアパートを見に行くはずだったのよ」

「アパート？」

「お兄ちゃんと一緒に住むはずだったアパート。これからはずっと一緒だよって。クリスマスのプレゼント。だから急いで走って……」

――事故に遭った。

　ぽっかりと開いた、眼球のない穴が結を睨みつける。

「約束シタンダ。オマエニハ……、オマエニハ関係ナイ！　私タチノ邪魔ヲスルナ！」

　いちかの姿が黒い靄に覆われていく。よく見れば、靄の中からたくさんの手がいちかに絡みついている。いくつもの怨霊の手。憎しみでしか己の感情を表せなくなった魂が、寂しさに耐えかねて自分を理解してくれそうな別の魂を求める。けれど、もはや人間でさえなくなった魂が他者の魂を救えるはずもない。負の連鎖。そうして大きくなっていく魂は、次第に自分が何者だったのかもわからなくなってしまうのだ。

「いちか！」

「お兄ちゃ……、ずっと一緒、やく、約束……。殺セ」

「いちか」

「邪魔ナ魔女ハ殺シテシマエ！」

　黒い靄がぐわりと結に迫ってきた。だめだ！　呑み込まれてしまう！

　結はぎゅっと目を瞑った。二秒、三秒……。だが、なにも起こらない。恐る恐る目を開けると、慧が黒い靄を押さえつけていた。

「慧！」

無理だ。これじゃあ慧まで取り込まれてしまう。

「慧！　だめ！　手を離して！」

「お兄ちゃん」

「っ、いちか……っ」

黒い靄の中で、いちかの白い顔だけが残されていた。負の感情だけに支配された、ぽっかりと虚ろな黒い目が虚空を見つめている。

「お兄ちゃん。いちかと一緒にいてくれるって約束したでしょう？　私、もう寂しいのはいや。ここは……、ここは暗いの。なにも見えない。どこにいるの、お兄ちゃん。早く……、早くいちかのところに来て」

「いちか……」

そのとき、慧の身体からふっと力が抜けるのがわかった。

「……ああ、そうだな。おまえはずっと一人ぼっちだったんだもんな」

「慧！」

結は叫んだ。抵抗するのをやめた慧に、黒い靄が一斉に襲いかかった。靄は慧の腕や足に絡みつき、次第に身体を呑み込もうとしている。だめだ。抗わなければ、本当に呑み込まれてしまう。

「だめ、慧！　諦めないで！　いちかちゃんも！　呑み込まれたら今よりもっと寂しくなる！　一緒になんていられないんだよ！」

「結。もういいんだ。おまえは先生のところに帰れ。俺はいちかと一緒に残る。もう二度とあんな思いはしたくない。あんな……、俺のせいでいちかを失うことなんて」

「慧のせいじゃない！　慧はずっといちかちゃんを思ってたじゃん！　いちかちゃんが苦労することがないようにって！　自分が榊さんのところに行けば、経済的に支えてあげることができるからって！」

「結」

慧の目が揺れた。

「ねえ、いちかちゃん。思い出して。慧はどんなお兄さんだった？　私には意地悪で俺様な慧だけど、いちかちゃんにはやさしいお兄さんだったんでしょう？」

「……お兄ちゃん」

二つの目が泣く。ぽたぽたと涙が零れ落ちる。赤い、血の涙だった。すると黒い靄（もや）が苦しげに身を捩（よじ）り始めた。

「嘘ダ。魔女ノ言ウコトニ、耳ヲ貸スナ！」

「嘘じゃないのはいちかちゃん、あなた自身が一番よくわかってるでしょう。そんなとこにいたって幸せになんてなれない。そこは底のない虚無なんだよ。信じることもできない、想い合うこともできない。自分のことも、大好きな慧のことだって忘れちゃうんだから！」

「嘘ダーーーッ！」

不意に狙いを変えた黒い靄は、恐ろしい咆哮を上げながら結に襲いかかってきた。全身の毛が逆立つ。怖い。でも目を逸らしちゃいけない。私は逃げない。慧といちかちゃんを助けるんだから！

結がぐっと奥歯を噛みしめたときだった。突然、結の首元からまばゆい光が溢れ出した。

「……！」

セツから借りた柘榴石のネックレスが光を放っている。赤く澄んだ光は鋭い刃のごとく、黒い靄を断ち切りながら周囲に輝いた。真っ二つに切り裂かれた黒い靄は咆哮を上げて再びひとつになろうと集まってくるが、うまくいかない。

そうだ。私には代々の魔女の力がついている。結は竦(すく)みそうになる足を、ぐっと踏ん張った。

『母なる大地、聖なる木！　大いなる鍵で扉を開けよ！　赤き剣で刺し通し、燃える灰で焼きつくせ！』

結は浄化の言の葉を紡いだ。我を失い彷徨(さまよ)い続ける魂を、救う手だては残されていない。眩しさを増した光は、抗(あらが)おうとして大きくなる靄(もや)を包み込んだ。と、次の瞬間、光がパーンと弾けた。大勢の声を重ねたような叫び声が耳をつんざき、光が弾けるのと同時に黒い靄(もや)が霧散していく。ふわふわと漂っていた最後の欠片(かけら)も、やがて辺りに溶け込むように消えていった。

「消えた……」

胸元を見ると、もう柘榴石(ガーネット)も光っていない。

「いちか！」

黒い靄(もや)の消えた辺りにいちかが倒れていた。駆け寄った慧がいちかを抱え上げる。

「いちか！　おい、いちか！」

「いちかちゃん！」

「……う」

いちかの瞼がゆっくりと開いた。その瞳には心配そうな慧の顔が映っている。

「お兄ちゃん……」

「いちか」

「私……、助かったのね」

「ああ。よかった」

慧が大きく安堵の溜息をついた。いちかは不思議そうに辺りを見回し、結に気づくと「大丈夫」と慧に頷きながら、しっかりと自分の足で立ち上がった。

「ありがとう、八月の魔女さん」

「え？　は、八月？」

「八月一日さんですよね？」

「ああ、それで」

「自分の名字も忘れたのかよ」

「忘れてないよっ」

むっとして言い返した結の前には、意地悪な笑みを浮かべた慧がいた。

よかった。いつもの慧だ。三人は互いに見つめ合いながら、誰からともなく噴き出した。明るい笑い声が響き渡る。こんな風に笑うのは久しぶりのような気がする。きっと慧といちかちゃんはなおさらだろう。笑い声を聞きつけたのか、遠くに避難していた詩乃もやってきた。

「詩乃ちゃん、怖かったね。もう大丈夫だよ」

結は膝を折って詩乃を抱きしめた。こくんと頷いた詩乃は、結の肩越しにいちかをじっと見つめると、こそこそと結の背後に隠れた。ひょこっと顔だけを出していると ころを見ると恥ずかしいのかも知れない。

「……その子」

不思議そうに首をかしげるいちかに「詩乃ちゃんっていうの」と紹介する。

「ここに来ることができたのも詩乃ちゃんのおかげなんだ」

「そう。詩乃ちゃんもありがとう」

にこりと笑顔を見せると、詩乃は頬を赤くして小さく頷いた。

「お兄ちゃん」

「いちか」

失われていた長い時間を埋めるように、慧といちかは無言で見つめ合った。言葉にしなくても、あたたかい想いが溢れているのがわかる。

「私……、ずっとお兄ちゃんに謝りたかった。ごめんなさい。私、お兄ちゃんがずっと責任を感じていること、知ってた。お兄ちゃんのせいじゃないのに……。お兄ちゃんはずっと私のことを考えてくれてたのに……」

「いちか……」

慧は眉根を寄せじっとなにかを考えていたが、顔を上げると結に頭を下げた。

「悪かった。ちゃんと話さずにいて」

「慧」

「少しえぐい話になるが、聞いてくれるか?」

慧の瞳がなにかに怯えるように揺れている。触れられたくない古い記憶。いちかちゃんを死なせてしまったという自責。

結はしっかりと慧の視線を受け止めると、大きく頷いた。

「うん。話して。ちゃんと聞かせて」

慧は大きく息を吸い込むと吐き出した。そして、胸に抱えてきた思いを振り絞るように、ぽつぽつと話し始める。

「俺たちの母親は、ガキは霞でも食ってでかくなると、本気で思ってるような女だった。俺たちの飯を忘れるなんてしょっちゅうだったし、米一粒もない一週間を五百円玉一枚で過ごしたこともある」

六畳一間の小さな空間。それが慧といちかの世界のすべてだった。

崎山静香は母親にはなれないタイプの人間だった。いつも恋をしては騙されて、裏切られたと言っては泣き喚いていた。

「男に振られては、酔って俺たちに手を上げるなんてしょっちゅうだった」

暴力がエスカレートしていくのはあっという間だった。手が足になり、物になった。

特にいちかへ向けられる暴力は酷かった。慧が学校から帰ってこないうちに、煙草を押しつけたこともある。

『慧に言うんじゃないよ。言ったら慧にも同じことをするからね』

思い出したのか、いちかの手は無意識に自分の腕をさすっている。

「いちかがそんな目に遭ってるなんて知らなかった。気づいたのは夏だ。エアコンもない部屋で汗だくになりながら、こいつは頑として長袖を脱ごうとしなかった」

慧が小学五年生、いちかはまだ二年生の頃だ。助けを求めた慧は担任に相談した。

だが、担任がしたことは、よりによって母親へ電話をすることだった。

「そんな……。そんなことをしたら」

「だよな」

慧は苦笑した。

「お兄ちゃんが庇ってくれなかったら、私はあのときにもう死んでいたかも知れない」

「さすがにあれは酷かったな。熱出してぶっ倒れて。当時の母親の相手が、意識のない俺を見てようやく近所の医者に連れていってくれた。骨折れてたしな」

慧は自分の胸元を親指でトンと叩いた。

結は慧が語る二人の過去に、涙をこらえて耳を傾け続けた。

今結にできるのは、慧といちかの話を聞いてあげることだ。子どもが抱えて生きていくには大きすぎた荷物を、ひとつずつ下ろしていくために。

「俺は早く大人になりたかった。そうすれば堂々とあの家を出ていける。いちかと二人で暮らせるって……。それだけを願っていた」

だが、家を出ることになったのは慧一人だった。

『あれはわたしの子ではない』

冷ややかな目でいちかを一瞥した榊は、小切手だけを残して慧を連れていった。

大人の都合に翻弄された兄妹。残されたいちかと、残していかなければならなかった慧。二人の気持ちを考えたら胸が張り裂けそうだった。

慧と引き換えに支払われた莫大な手切れ金は、いちかと二人慎ましく生活をしていれば一生困らないだけの金額だったはずなのに、静香が散財しつくしすぐに底をついた。

それでも慧を取り巻く環境が変化したおかげで、慧にはいちかを気遣う余裕ができた。毎月与えられる小遣いをいちかに手渡し、バイトをしながらコツコツと貯金をした。二人で一緒に暮らすためのアパートの資金を貯めていたのだ。それがようやく叶えられる……と思った矢先の事故だった。クリスマスの夜。一緒に暮らすアパートを見に行く予定だった。舞い落ちる雪が祝福の花びらのように見えた。

いちかは走った。早くお兄ちゃんに会いたい。会って、ありがとうって伝えたい。

それなのに――。

「いつも死にたいって思ってた。その方がずっと楽になれるって。それがあんな形で叶うなんて……」

　いちかは唇をわななかせた。

　気がつくと、いちかは真っ暗な闇の中にいた。上も下も、横を見てもなにもない。暗くて冷たい場所。寂しい寂しい寂しい。膝を抱え、どれほどの時間が過ぎたのだろう。ふとあるとき、近くに誰かいるのに気づいた。誰でもよかった。独りはもう嫌だった。

　そうして縋りついた黒い塊にはかつて人間だったものが無数にいて、独りじゃないはずなのに余計に寂しくなった。やがていちかの思考は黒い靄に支配され、考えることもできなくなっていった。わかっていたのは、慧の元に行くことだけだった。

「お兄ちゃんと交わした約束だけが私の希望だった」

「……やくそく」

　足元で詩乃が小さく呟くのが聞こえた。結の足にぎゅうっとしがみついてくる。

「俺は先生に親父を失脚させてくれって頼んだ。けど、自分が楽になりたいだけだろうと言われて、先生には聞いてもらえなかった。その通りだ。そんなことを願っても妹は……いちかは帰ってこない。それどころかずっと苦しめてきたんだな」

「お兄ちゃん、でもそれは……」

「ああ。わかってる。今はな」

慧は首を振っていちかの言葉を遮った。

「親父が失脚したところで、過去は変えられない。俺はいちかになにもしてやれなかった。その罪を親父に押しつけたかっただけだ。さっきだってあの靄に捕らわれたとき、このままいちかと一緒にいられるなら、とも考えた。けど、同じだよな。こいつはきっと、どうして俺まで闇に引きずり込んだんだと自分を責めるだろう。俺もまた、やっぱりこいつを助けてやれなかったと嘆くだけだ」

堂々巡り。互いを思い合う気持ちが強いからこそ、囚われやすい負の連鎖。

「俺は勘違いしてたんだ。俺が願うべきだったのはこいつの……いちかの安息だけでよかったのに」

「お兄ちゃん」

死者への祈りはなににも勝る。どんな最期を迎えたとしても、安息を願う祈りは光となり、外つ国へと照らす灯りとなる。

「魔女さん、本当にありがとう」

ぱたぱたと、いちかの足元で涙が弾けた。

「お兄ちゃん」

いちかは濡れた頬をぐいっと拭うと、慧を見上げた。

「あれは事故だったの。お兄ちゃんのせいじゃないよ。お兄ちゃん、ずっと自分を責めてきたでしょう。でも、もういいんだよ。あれは本当に事故だったの。お兄ちゃんのせいじゃない」

「けど、俺があのとき迎えに行ってさえいたら……」

「お兄ちゃん」

いちかはゆっくりと首を横に振った。

「私がやっと自由になれたのに、今度はお兄ちゃんが捕らわれるの？」

「いちか」

「私、お兄ちゃんには笑っててほしい。私のせいで悲しんでほしくない」

「そうか」

「うん。そうだよ」

いちかは笑いながら慧の腕を叩いた。空元気でもいい。そうやって笑い飛ばして前に進むべきなんだ。いちかも慧も口では笑っているが、瞳の奥には悲しみが揺れている。これが本当の別れになるのだと感じている。

「魔女さん。本当にありがとう。お礼に、と言ってはなんだけど……」

いちかは結の背中に隠れている詩乃を見た。

「詩乃ちゃん、だったわね。あなたは誰を待っているの？」

誰を──？

結は足に貼りついている詩乃の肩に手を置くと、視線を合わせるように屈んだ。

「大丈夫だよ。このお姉ちゃんは慧の妹さんなの」

安心させるように頷いてみせると、詩乃の目が慧といちかを行ったり来たりする。

「おねえちゃんの……おにいちゃん？」

「そうだ。おまえはひとりっ子か？　兄妹はいないのか？」

慧に聞かれた詩乃は大きく首を横に振った。

「おにいちゃんとおねえちゃん」

「そうか」

慧は頷いた。

「あのね。おにいちゃんとやくそくしたの」

「約束？」

いちかも膝を折り、視線を合わせて尋ねた。

「びょうきがなおったら、びーだまであそんでくれるって。ゆびきりげんまんしたの」

ゆーびきりげんまん　うーそついたら　はーりせんぼん　のーます
『結。もしおまえさんが外つ国(とつくに)に行くときには、詩乃と一緒に行くんだよ』

思い出した。

あれは結が詩乃の友だちになったばかりの頃だった。詩乃はどうして幽霊なのとセツに訊いたときだった。

『とつくにって、ようせいのくに？』

『ここではない世界さね。詩乃は叶わない約束を、ずっと守って待ち続けてるのさ』

おばあちゃんが話してくれたこと。詩乃ちゃんの大事な約束。

「しのね、おにいちゃんがかえってくるのをまってるの」

『昔の深山村はとても貧しかったからね。詩乃は医者にも診(み)てもらえずに麻疹(はしか)で死んでしまったのさ。やがて戦争が始まって、詩乃が待ち続けていた兄は戦死してしまったからね。約束を叶えることはもう無理なんだ』

『じゃあ、あたしがまじょになったら、しのちゃんのおにいちゃんをさがしてあげる。そしたらいっしょにいこうね』

『ほんとう？』

『うん。ゆびきりげんまん』

「あ」

そのとき、小さな指が空を指差した。

「ちょうちょ」

「え？」

詩乃の指先を見ると、アゲハ蝶がひらひらと飛んでいた。

「本当だ」

ひらひら、ひらひらと四人の周りを遊ぶように飛びながら、詩乃の頭の上に留まった。

「ちょうちょ」

詩乃が頭に手をやると、ひらひらと宙を舞う。少し飛んでは、また舞い戻ってくる。

その繰り返しだ。

「もしかしたら……」

結の脳裏にひらめくものがあった。

「詩乃ちゃんを呼んでいるのかも知れない」

それが詩乃ちゃんを呼んでいるのかはわからない。けれど蝶の動きは詩乃を誘っているようにしか見えない。ときに魂は、夢の中や蝶などの姿を借りて自らの死を伝えると言われている。『虫の知らせ』と言われる所以(ゆえん)だ。

――詩乃。

どこからか青年の声が聞こえた。結だけでなく、慧といちかにも聞こえたみたいだ。

三人は目を合わせた。

「おにいちゃん！」

やっぱり！

蝶はひらひらと詩乃の周りを飛んでいる。

「私が詩乃ちゃんを連れていきます」

「いちかちゃん」

ちらりと慧の表情を窺うと、眉間に力を入れてぐっと奥歯を噛みしめているのがわかった。これが本当のお別れになる。

「詩乃ちゃんも私も……。もう行かなくちゃいけないんですよね」

いちかは寂しそうに視線を落とした。苦いものを吞み込んだような顔になったが、次に顔を上げたときには、どこかすっきりとした——文字通り憑き物が落ちたような——明るい表情をしていた。いちかは詩乃の小さな手を取ると、立ち上がった。

「詩乃ちゃん。ちょうちょがおいでおいでって。お姉ちゃんと一緒に、お兄ちゃんのところへ行こうか」

「ほんとう?」

「うん。指切りする?」

「うんっ」

いちかが小指を差し出すと、詩乃は嬉しそうに小さな指を絡ませた。

ゆーびきーりげーんまん

うーそついたら　はーりせんぼん　のーます

ゆびきった――

　慧と二人で魔法円から出てきたとき、セツが駆け寄ってきて結を抱きしめた。大袈裟だよ、と思ったけど、セツの肩が震えているのを知り「おばあちゃん、ただいま」とだけ言った。慧は「まったくバカな子だよ」と怒られながらも同じようにセツに抱きしめられ、戸惑いながらも恥ずかしそうにしていた。

　結の感覚では、向こうに行っていた時間は数時間程度だと思っていたが、驚いたことにこちらでは丸二日も経っていた。そりゃあおばあちゃんが心配するはずだ。

「おばあちゃん。これ、ありがとう」

　結はネックレスをセツに返した。セツは「そうかい。あの人が助けてくれたかい」と、懐かしそうな笑みを浮かべながら柘榴石（ガーネット）を撫でていた。

「おばあちゃん。あのね……」

　いちかは詩乃と一緒に在るべき世界へと旅立った。蝶に案内されながら遠くに霞（かす）む光の中へと歩いていき、最後に、二人は振り返ってバイバイと手を振った。すると周りの景色が一変した。見渡す限りの花畑。連なる山の稜線。どこか深山の自然に似た美しい風景だった。

「……行ってしまったかい」

ぽつりと呟いた声は静かに溶けて、セツの寂しさが滲んだ。そんなことを指摘したもんなら「バカかい。おまえさんは」と怒られるに決まってるから、胸のうちに留めた。

魔法円を見つめるセツの目は、燃える青い炎の向こう側、遥か遠い世界に向けられている。二度と会うことのない、小さな女の子に。

「いいもん食ってるな」

縁側で遅い朝食をとっていると、匂いに釣られて慧がやってきた。

「……来ると思った」

少し甘い味噌を塗って青紫蘇(じそ)を巻いた焼きおにぎりと、目にも鮮やかな色をしたナス漬け。麦茶は村で麦を作っている農家から分けてもらったものを、丁寧に炒って煮出したものだ。実は慧も来るだろうと思って、ちゃんと慧の分も用意してある。

どっかりと結の隣に腰を下ろした慧は、さっそく大きな口でかぶりついた。

「おっ。美味い！」

カンカンと照りつける夏の太陽。もくもくと湧き上がる入道雲。ちりちりと肌が焦げる感覚があるけれど、今は日焼けを気にせず炎天下を満喫したかった。

「…………」

「……悪かった」

「っ」

喉が詰まった。胸が苦しい。

「もう二度としない」

「あたりまえだよっ」

「ごめん」

持っていたおにぎりがボロボロと崩れた。慧は結の手からおにぎりを取ると、指についたごはん粒と味噌を丁寧に布巾で拭き取った。

「心配したんだからっ」

「うん」

「おばあちゃんでも魔法円には入ったことないんだよ」

「ああ」

「帰ってこなかったらどうしようって。慧もいちかちゃんみたいに取り込まれちゃったらどうしようって」

「……本当に悪かった」

ばたばたと涙が零れて、結はしゃくり上げた。

「もう泣くな」

慧の腕が伸びてきて、結の頭を引き寄せた。

「ひぃーっく」

張り詰めていた気持ちがぐずぐずと溶けていく。一人で魔法円をくぐった慧への不満とか怒りとか、そういうものが全部涙と鼻水といっしょくたになって流れていく。無事でよかった。水漏れを起こした蛇口みたいに、結の涙はなかなか止まらない。

「ずびーーーっ」と遠慮の欠片もなく洟をかんだ結の目は、案の定ぼってりと腫れて視界が狭くなった。

「ほら」

「……ありがと」

慧が氷の欠片を挟んだ濡れタオルを持ってきてくれた。両目に押し当てると、冷たくて気持ちいい。そのままじっとしていると、隣からごくごくと喉を鳴らす音がして、コップの中の氷がカラカラと鳴った。

「明日、あいつと話をしてくる」

あいつ——。慧のお父さん。

「うん」

「俺は政治家を目指す。けど、あいつに言われたからじゃない。俺は俺自身で決めた道を行くつもりだ。あいつは一億で俺を買ったつもりだろうが、そんなはした金、中学まで知らん顔してたって事実でチャラだろ。面子も守ってやった。これ以上ああだこうだと言うなら、俺にだって考えがある」

結はギョッとしてタオル越しに慧を見た。

「考えってまさか……」

榊外務大臣の失脚を望んでいた慧。いちかちゃんについての遺恨も消えた今、慧に怖いものなどない。出生の秘密をぶちまければ、榊は日本中の注目の的になって失脚するのは間違いない。

「ぶっ飛ばしてやる」

「……は?」

「前から一度ぶん殴ってやりてえって思ってたんだ。なんでもかんでも自分の思い通りになるって思ってやがる。桑名の野郎が甘やかしすぎなんだ。あいつの尻拭いを全部桑名がやるもんだから、自分のケツの汚さがわかってねえ。最悪だろ、あの歳になっても自分が見えてねえなんて。だったら俺が見えるようにしてやろうと思ってな」

慧は両手の指をワキワキしながらにやりと笑った。なんだかそのときの様子が想像できるから怖い。

殴る。現役の外務大臣を。

それは親子だからできることだ。しかし、血の繋がった両親だからといって、必ずしもすべての親が子どもを一番に考えてくれるわけじゃない。世の中には本当にどうしようもない、毒にしかならない親もいる。哀しいかな、突き詰めれば人間だからだ。過ちを犯し、そこから学び取るのも人間だが、同じ過ちを繰り返すのも人間だ。けれど慧にはまだ時間がある。榊の失脚ではなく、殴ってでも話し合おうという気概がある。

うまくいけばいい。いつか、いちかちゃんと笑いながら思い出話ができるように。

「頑張って」

結の返事に慧は怪訝(けげん)そうに片眉を引き上げた。

「なんだ。やめろって言われるのかと思った」

「言わないよ」

だって初めての親子喧嘩なんでしょう？

「その代わり、第一ラウンドの結果は教えてよね」

慧は驚いたように目を見開いて結を凝視したが、次の瞬間、ふっと片方の口端を引き上げて笑った。最初はこの人を食ったような笑い方が嫌いだった。それがいつの間にか、大人っぽくてかっこいいに変わったのだから自分でもびっくりだ。

「ああ」

ぽん、と頭の上になにかが乗っかった。大きなそれは、結の髪をくしゃくしゃと掻き回して離れていった。じわり、と胸の奥に熱が生まれる。慧と一緒にいるときに、何度か身に覚えのある熱だった。

結は慧の手の感覚が残る頭頂部を慌てて押さえつけた。そうしないと熱はあっという間に身体中に広がりそうだったから。

「あ、嫌だったか。悪い」

「う、ううん。あ、汗。汗かいてるし……」

結は目を泳がせた。鼓動が速い。

漠然とした予感はあった。いつかこの気持ちが行きつく先の場所。

だけど今はまだこの気持ちの名前を決めたくない。そう思ってしまうのは、私が子どもだから？　もっと慧のことを知りたい。やっと自分自身と向き合って前を向いた慧のこと。もちろん私のことも見てほしいと思う。これから先の人生をしっかりと自分の足で立ちながら、私は慧を、慧には私を見ていてほしいと思った。その道の先がどうなるのかなんてまだわからない。わからないからわくわくする。自分でどうとでもできる力を、私も慧も持っているんだ。

「結も決めたんだな」

「……うん」

頷いた結を、慧は微笑みながら横目で見ている。結は「私は……」と少し口ごもると、小さく咳ばらいをした。

「ちゃんと自分で向き合ったことがなかったんだ。魔女の血は最初から私の中にあってあたりまえだったから。でも、このまま魔女になったとして、その先になにがあるんだろうって考えたら、なんにも思い浮かばなかった。こんな山の中で畑を耕して、たまに相談事引き受けて。そうして歳を取っていくだけなんだって。だけどそんなことしか考えられなかった私は、本当に甘かったんだってわかった。本当は、世の中にはあたりまえなことなんて、なにひとつないんだよね」

誰もが健康で元気に生涯を全うできるとは限らない。またね、と手を振った美樹の姿が目に浮かぶ。今日の日常が明日も続くとは限らない。ある日突然、いちかのように未来を断たれてしまうこともある。詩乃みたいに、約束を守ることだって叶わないこともあるのだ。

「慧、言ってたでしょう？　奇跡みたいな力だって。やっとその意味がわかった。あたりまえだと思ってた魔法だって、ある日突然消えちゃうかも知れないんだよね。だったら、今私にできることをすればいいんだって。私には魔女の血がある。この力でできることを探してみようと思うんだ」

おばあちゃんが言っていたのも、こういうことだったんだ。

『魔法は魔女の血の中に確かに流れている。あたしらにとっては呪いの力でも、魔法の力で誰かを笑顔にすることもできるんだってね』

「結はいい魔女になるよ」

「へ？」

「ぷっ。そうやってすぐ他人のこと信じるとこはちょっと心配だけどな」

「な、なによ。信じるよ。てか、信じるに決まってるじゃん。慧のことも私自身のことも信じるに決まってる」

「……そっか。そうだな」

「そうだよ！」

結はぷいっと横を向くと、ナス漬けを口に放り込んでぎゅっと噛みしめた。たっぷりと含んだ塩辛い水分と、柔らかいナスの実がじわりと口の中に溢れた。

「ところで先生はどうした」

「寝てる。二日も徹夜だったんだもん」

「そうか。じゃあ、起きたら蕎麦でも茹でるか」

「とろろ蕎麦がいい！」

「じゃあ、結をとろろ大使に任命する」

「えーっ、なにそれー」

「頑張れよ、とろろ大使」

全然嬉しくないし。とろろは大好きだけど、長芋は手が痒（かゆ）くなるんだよね。

「あ。電話」

家の電話が鳴っている。コール音を聞いた結は「私出る」と立ち上がった。滅多に鳴らない家電が鳴るのは仕事の依頼と決まっている。

「はい、八月一日です」

『あ、あの……』

おどおどと、こちら側を探るような女性の声が聞こえた。

「まずはお話を伺ってから、ご依頼を受けるかどうかを判断させていただきます」

結は目の前のカレンダーの書き込みを確かめながら予定を入れていく。依頼人は明日の午後に来ることになった。折り畳んだメモを手に踵(きびす)を返すと、「仕事かい？」とセツに声をかけられた。

「おばあちゃん。もういいの？」

「大丈夫。死んでからいくらでも眠れるからね」

「おばあちゃんっ」

「冗談だよ。悪かった。でも今度ばかりは死ぬより怖い思いをしたよ。もうあんな思いはしたくないねえ」

「……ごめんなさい」

「おまえさんが謝ることじゃない。おまえさんは立派に務めを果たしたんだ。きっとあたしが行ったところで慧は聞く耳を持たなかっただろう。結局なにもできずに帰ってきただろうさ。だけど、全部おまえさんに任せてしまったことを後悔したよ。魔女として正しい決断だったとしても、あたしの大事な孫を行かせるべきじゃなかったんじゃないかってね」

「おばあちゃん……」

ツンと鼻の奥が痛くなった。

「ああ。もう泣くのはおやめ。それ以上泣くと目が開かなくなるよ」

結はぐすん、と洟をすすりながら頷いた。どれ、とセツは手渡されたメモを見る。

「今のところ、予定は三件だね。結。今年からおまえさんがやってみるかい？」

「えっ」

「死者の世界にまで行って戻ってきたんだ。もう怖いものなんかないだろう」

「嫌だよ。それとこれとは全然違うもん」

年に三回のお盆とお彼岸。その時期には、必ずと言っていいほど故人に関わる依頼がある。外つ国に繋がる魔法円はそのために用意されたものだ。いにしえの言の葉によって呼び寄せられた魂は、あの魔法円をくぐり抜けてやってくる。そうして依頼人の願いを聞き届けたら、すみやかに帰ってもらわなければならない。いずれは結がやらなければならないことだが……。幽霊なんて嫌だ。絶対怖い。怖いに決まってる。

「やれやれ。どうやらあたしは化けてでることもできないらしい」

「またそういう……、って、おばあちゃん？」

目の前のセツの身体が急にかしいで柱に寄りかかった。

「おばあちゃん！」

「っ、大丈夫だよ。大きな声を出すんじゃない」

タフィーが吠えている。本当に賢い犬だ。慌ててセツの身体を支えた結は、その身体の発する熱の高さに驚いた。すごい熱だ。

「おばあちゃん！　慧！　慧っ！」

「どうした！」

「おばあちゃんが……っ」

ひと目で状況を判断した慧は「先生、ちょっと失礼します」とセツを抱え上げた。

セツはぐったりと目を閉じていて、いつものように「うるさいねえ」とは言わなかった。遠くから救急車のサイレンが聞こえてくる。病院のストレッチャーに乗せられるまで、結はずっと震えながらセツの手を握りしめていた。

「だからただの風邪と寝不足だって言ってるだろ」

「肺炎はただの風邪じゃありません！」

さっきからぐずぐずと洟をすすっている香住に、セツは辟易とした様子で肩を竦めた。

病院に運ばれたセツは、風邪から肺炎を併発していた。まだ点滴は受けていたが、畑仕事で培った体力で、驚異的なスピードで回復している。この分なら退院できる日もそう遠くはないだろう。

「だいたいおまえさんはなにかい。もしかしてあたしが今日遺言でも言い残すのかと思って来たんじゃないだろうね」

じとりと睨めつけられ、香住の目が泳いだ。わかりやすいその様子に「こら、香住」と父も苦笑いでたしなめる。だがそう思われるのも無理はない。今日は結の両親と渉が、セツに呼び出されているのだ。それだけじゃない。慧までも一緒なのだ。

慧と結の家族はこれが初対面だ。

「結と母がお世話になりました」

「いえ、こちらこそ」

と、さっきまで香住と慧は、日本人の美徳とされる挨拶劇を繰り広げていた。

やれやれ、と首を振りながら溜息を零したセツは「そんなことより大事な話があるんだよ」と言うと、結に目で合図する。結は頷いて、病室のカーテンを閉めた。オレンジ色のカーテンから、柔らかくなった陽射しが零れてくる。

結は持ってきたリュックの中から小さな茶色い瓶を取り出した。蓋を開けると、中からハーブの香りが病室中に広がる。カモミール、ローズマリー、ラベンダーにタイム。その他様々なハーブが混ぜられたオイルは、門外不出の魔女のレシピで作られている。

「いい香りねえ」

香住はうっとりと目を閉じた。セツはベッドに上半身を預けたまま、指先で宙にくるりと円を描いた。ぱあっと光の粒子が飛ぶ。するとそこに水の膜のようなものが現れた。すごい、と結は目を輝かせる。日々の経験と修業の賜物（たまもの）だと言うけれど、結が心の準備をし、言の葉を紡いでいる間にも、セツは思念だけでやってのける。

私はいつになったら、おばあちゃんみたいな立派な魔女になれるんだろう。

「あら？　なんだか見覚えがあるわね」

「あるに決まってるだろう。これはあたしの家なんだから」

ふん、と一笑したセツは、続けて口の中で言の葉を呟いた。一メートル四方の水の膜が、ゆらゆらと揺れるとなにかを映し始める。間違いなくセツの家のハーブ畑だ。これでセツの家と病室が繋がったことになる。

「さあ、結。おまえさんからちゃんと聞かせておくれ」

どきん、と心臓が鳴った。ホログラムのような映像に驚いていた家族全員……、と慧の目が一斉に向けられる。

「えー、と……」

こんなに家族から注目を浴びることなんて滅多にあることじゃない。結は思わず「えへ」と笑って誤魔化そうとしたのだが「頑張れ」と慧に励まされ、もじもじしていた顔を上げた。よし。覚悟はできた。

「お父さん、お母さん、渉。それからおばあちゃんに慧」

すうっと息を吸い込む。

「私、魔女になります！」

おおーっと声を上げたのはお父さんと渉だ。

「結！」

香住が勢いよく抱きついてきたもんだから、結は危うくひっくり返りそうになった。

「お、お母さん」

「決めたのね、結」

お母さんってばまた泣いてるし。

「うん」

……じゃなかった。

「はい」

「そう。そうなのね。よかったわ、本当に」

「そうか。結が決めた道ならお父さんもお母さんも応援するよ」

「お父さん、ありがと」

お父さんの目尻もうっすらと赤くなっている。結の涙腺が緩いのは間違いなく遺伝だと思う。

家族の祝福を受けていると「結。こっちにおいで」とセツに手招かれた。ごらん、と示された水の膜には、たくさんの妖精たちが飛び交っている様子が見える。おばあちゃんの魔法で映し出されているから、この様子は皆にも見えているはずだ。

「すげー。これ、本物？」

渉がこうした光景を目の当たりにするのは初めてのはずだ。失礼なことを言ってるけれど仕方がない。やがて、淡く輝く光の中から、あの夜に見た妖精が現れた。肌そのものから滲むような光を発している。整った中性的な顔立ち。海中に零れ落ちる青い光のような色の髪。結の護り手だ。ハーブの香りが一層強く感じられると、彼はいつの間にか水の膜を抜けて結の目の前に立っていた。すごい迫力だった。ここまで美しいと、もはや現実とも思えない。アクアマリンの瞳がじっと結を見つめながら近づいてきて――。

「――――」

花びらのような唇が結の耳元で囁いた。

「あ……」

その声は朝陽に綻ぶ花の吐息のようであり、宵空にかすかに瞬く星のようでもあった。彼が結にしか聞こえない声で囁き終えると、部屋中が光のシャワーに包まれた。

「うわ……っ」

眩しさに思わず目を瞑る。それはほんの一瞬のことだった。恐る恐る目を開けると、すでに妖精の姿も水の膜も消えていた。

「すっげえ！　ばあちゃん魔法使いみてえ！　なになに今の！」

渉が興奮して声を上ずらせる。だから魔女なんだってば。結は脱力した。

「……聞いたかい？」

セツが尋ねてくる。うん。聞いた。護り手の名前。

「名前を教えたということは、おまえさんを魔女だと認めたということだ。だが、その名を呼ぶときはよくよく気をつけるんだよ。あれの力は膨大すぎるからね。普段は胸の奥深くにしまって鍵をかけておきなさい。どうしてもやむを得ないと思ったときしか開けてはいけない。それは秘密の名前だからね」

セツの骨ばった指先がゆるやかに動く。耳から喉を通り、心臓へ――。

セツの指先に誘導されるように、耳の奥に残った護り手の名前は小さな光の玉となって、結の胸の奥底へと沈んでいくイメージが脳裏に浮かんだ。そこには赤い実をつけたナナカマドで編んだ木の箱がある。光の玉は箱の中へと吸い込まれていった。

セツはまるでその様子が見えているかのように目を細める。

「ナナカマド。おまえさんにはちょいと難しい木かも知れないねえ。それは魔女の木、ウィッチウッドとも呼ばれている。癒しと守護、力を司る木だ。今はまだ緑い葉も、おまえさんの成長と共に少しずつ赤く色づいていくだろう。燃えるように赤くなった様子を見てみたいが……」

ふう、とセツは頭を枕に預けた。

「おばあちゃんっ」

「大丈夫さね。ちょいとばかり疲れただけだよ。たいしたことじゃない」

駆け寄った結の手の甲を、苦笑しながらぽんぽんと叩く。

「それより」

セツが片眉を引き上げて結を見た。うわ、嫌な予感がする。

「おまえさんは今日からられっきとした魔女になったんだ。もう見習いじゃない。あたしの目が黒いうちに、もっと覚えてもらわにゃいけないことが山ほどある。いいかい。今年からは冬休みにもこっちに来てもらうからね」

「嘘っ」

じろっと睨まれた。

「嘘じゃないよ、安心おし。それから慧」

突然呼ばれた慧が、慌てて姿勢を正す。

「男手があるってのはずいぶんと助かったよ。だけどおまえさんにはおまえさんの進むべき道がある。どうやら答えも見つかったようだしね。あのぼんくらは一発や二発ぶっ飛ばしたところで痛くも痒くもないだろう。それでも諦めるんじゃないよ。おまえさんの人生はおまえさんだけのものなんだから」

そうか。慧も魔女の弟子——という名前の下働き——を卒業するんだ。

「はい。ありがとうございました」

慧は帰っちゃうんだ。慧のいるべき場所へと。

顔を上げた慧と視線が交差する。「なんだよ」と睨まれたけど全然怖くない。寂しいと言ったら慧は笑うだろうか——。

いやいやいや。ダメだダメダメ！　結はぶんぶんと頭を振って弱気な気持ちを追い払った。

私も自分の道を行く。いつの日か偶然その道が交わったとき、胸を張って魔女をやってるよって言えるように。

「それに渉。いいかい。あたしは魔法使いみてえ、じゃなくて魔法使いなんだよ」

「うへー」

「うへー」

セツが渉の真似をして舌を出した。一瞬の間を置いて、どっと皆が笑う。おばあちゃんも楽しそうだ。

「八月一日さーん。お薬の時間ですよ」

控えめなノックがして、看護師がワゴンを押しながら入ってきた。病室に入ると、すんすんと鼻を動かす。

「なんだかいい匂いがするわぁ」

結とセツはふふっと笑い合った。

「ハーブオイルです。看護師さん。ハンカチ持ってますか?」

「あるわよ」

「ちょっと貸してください」

結は看護師から受け取ったハンカチに、先ほどのハーブオイルを数滴垂らした。

「はい。これで今日一日はいい匂いが楽しめます」

「わあ、嬉しい！　ありがとう。うーん、いい匂い」

本当は特別な力を持つオイルだ。きっと今日一日、彼女にはいつもと違う素敵な魔法が働くに違いない。

おばあちゃんに薬が渡されるのを見守っていると、渉が近づいてきて「姉ちゃん」と肘で小突いてきた。顔がニマニマと緩んでいる。

「……なによ」

「あの人、彼氏なんだろ？　ばあちゃんも認めてるし、家族にも紹介されたし。姉ちゃんの人生設計は安泰だな」

「バ……、バカなこと言わないでよっ。慧はねえ……っ」

つい声が大きくなって、気づいた慧がこっちを見た。俺？　というように人差し指を自分に向けている。バカ渉！　結はへらへらと笑いながら、なんでもないと必死で首を振った。

「進路調査に迷ってたときは、八月一日家最初の脱落者かと思ったけど、なんだかんだうまいことやってんじゃん。やっぱこういうのも魔女の血なのかなあ」

結は思いっきり渉の足を踏んづけた。

「いっ……！」

涙目になった渉がぴょんぴょんと片足で飛び跳ねる。

「ちょっと渉。静かにしなさい」

見咎めた香住に叱られているのを見て、結の溜飲も下がった。

結は窓に近づくと、カーテンを大きく開いた。夏の陽射しが部屋いっぱいに射し込んでくる。子どものお絵かきみたいに、真っ青な空にくっきりと白い入道雲。夏の気配はそこかしこに残っているのに、もうすぐ夏休みも終わる。ピーッとホイッスルの音が風に乗って聞こえてきた。どこかにプールがあるのかも知れない。

結は大きな窓を開けた。ふわりと熱を孕んだ風に交じって、かすかに消毒薬の匂いがした。

八月の魔女

木綿で縫った雑巾をぎゅっと絞る。藍染の木綿は、セツがお古の作務衣(さむえ)で作ったものだ。固く絞った雑巾で、柱を拭き、縁側を丁寧に拭いていく。引っ越してきたばかりの頃は、ひとりで家中を掃除するのはそれはもう大変で、明日でいいやが明後日でいいやに変わるのも早かった。すると、どうにも落ち着かない。大好きな縁側にはすぐに砂埃が積もり、足の裏がざりざりするのだ。これは大変と、結は朝一時間早く起きて掃除をすることに決めた。

だいぶ慣れてきたと思う。

結が魔女になると宣言して、三度目の夏がやってきた。

セツは、去年の冬に妖精の国へと旅立った。雪が降り積む音しか聞こえない真夜中、そのときはやってきた。ふと、わけもなく目が覚めた。予感はあった。

『おばあちゃん？』

庭の方がぼんやりと光っている。結は布団を蹴ると慌てて飛び出した。

『わぁ……』

縁側に出た結の目の前に、巨大な木がそびえ立っていた。家が一軒、丸々と入ってしまうほどの巨木だ。上を見上げても天辺（てっぺん）は雲に隠れて見えない。悠々と伸びた枝葉には、数えきれないほどの妖精たちがいた。辺りは柔らかな金色の光に包まれ、芳（かぐわ）しい花々の香りが漂っている。ここは妖精の国だ。結を見つけた妖精たちが鈴のような笑い声を上げながら、早く来いと言わんばかりに結の半纏（はんてん）やパジャマ、髪などを引っ張る。

『ちょっと待って』

裸足のまま一歩踏み出した。ふっくらとした苔が結の足を包み込む。あったかい。弾力のある苔むした大地は、踏みしめる度にふわふわとして覚束ない。慎重に踏み進んでいくと、巨木の根元に誰かが立っている。

『おばあちゃん！』

――来たね。

『おばあちゃん……』

――バカだねえ、この子は。なにを泣くことがある。

『だって……』

――ここは魔女の故郷だ。あたしら魔女はここから来たのだからここへ還ってくるんだよ。

『やだよ……。おばあちゃんとお別れなんて嫌だ』

――結。おまえさんはいちかを救ったときに学んだんじゃなかったのかい。行きすぎた執着は自分をも貶めてしまう。それにお別れじゃないよ。あたしはいつかおまえさんがここへ来るときまで、ずうっと一緒にいる。……ほら。ごらん。おまえさんにあたしの半身を預けよう。

セツが結の掌に革紐で結んだ石を手渡す。

『……きれい』

深い緑色の石だった。幾重にも様々な木々が重なってできた深山の森のような、千歳緑。

――思い出しておくれ。これから先、おまえさんが困難に直面したり決断に悩んだとき、この石がそれを助けてくれるだろう。

『おばあちゃん！』

――結。おまえさんのおかげで本当に楽しい人生だった。ありがとう。

『おばあちゃんっ』

――結。

『おばあちゃん！　おばあちゃーんっ！』

気がつくと、冷たい縁側で一人泣いていた。涙も鼻水も、ダムが決壊したみたいに勝手にボトボトと零れ落ちてくる。慌てておばあちゃんの部屋に走った。

『うーーっ、ふっ、うーっ』

静謐な空気に包まれた冬の朝。おばあちゃんはさっき見た笑顔のまま、静かに眠っていた。

「――よし。これでＯＫ！」

汚れたバケツの水は畑にまく。立派なリサイクルだ。腰を叩きながら辺りを見渡すと、朝露に濡れた野菜たちが朝陽を浴びて輝いている。

そのとき、遠くからトラックのエンジン音が聞こえてきた。

「結ちゃーん！」

「美樹さん！」

助手席の窓から大きく手を振っている美樹に手を振り返す。運転席と助手席の間には、もうすぐ三歳になる二人の愛娘の晴夏（はな）がいる。晴夏が生まれて、安西は軽トラを少し大きなものに乗り換えたのだ。

セツの畑は、安西に一任することにした。

「おはよう、結ちゃん」

「おはようございます、安西さん、美樹さん」

「おはよう！　朝から精が出るわね」

晴夏はトテトテと歩いてくると、真っ直ぐにトマトの畝（うね）に向かう。誰が教えたわけでもないのに、一番大きくて真っ赤なトマトをむん、ともぎ取り縁側に這い上がってトマトにかぶりつく。晴夏お気に入りの朝ご飯だ。

晴夏の周りには、小さな妖精たちが飛び回っている。幼い子どもたちの中には、ときに彼らの姿を見ることのできる子もいたりする。どうやら晴夏もその一人のようで「これは、はなのー」と悪戯（いたずら）好きな妖精からトマトを守っている。

どこかで見た覚えのある光景。美樹も同じように感じているのか、時々畑の周りを見回して誰かを捜していることがある。それが誰なのか、結も安西も知っているけれど口にはしない。きっともう逢うことはないだろう、妖精の取り替え子の名前は――。気遣うような結の視線を感じたのか、美樹は憂い顔をパッと消すと「さあて。どんどん採るわよー」と腕をまくった。

「よろしくお願いします」

「はいよー。こっちは任せて」

手を上げた安西に頭を下げて、結はハーブ畑に向かった。朝露(あさつゆ)に濡れたハーブ畑には、たくさんの妖精たちが戯(たわむ)れている。今日はラベンダーを収穫して、バスソルトと石鹸を作る予定だ。

結はちょっとした入浴剤や石鹸、アロマオイルなど万人向けするものを、安西に頼んで直売所に置いてもらっている。使った人から口コミで広がり、現在町の百貨店に置いてはどうかというオファーを受けているが、作れる数は限られているし、他にも大事な仕事を抱えている身では無理があると言って断っている。ところが、それが逆に消費者の購買意欲を高めたらしく、今や結が作るハーブ入りの商品は瞬く間に売れる人気商品だ。

もっとも、結の本業は魔女だ。セツを頼りにしていたお得意さまは、孫に当たる結を認めてはいるが、まだ様子見といった姿勢を保っている。なかなかにシビアである。特にトネさんは「セッちゃんの分まであたしが目を光らせてるからね。しっかり働くんだよ」と率先して結の作ったローションや石鹸を使ってくれている。

「さてと……」

摘み取ったラベンダーの小さな花と茎を、丁寧に分けていく。夏は、冷房や紫外線で意外と肌が乾燥する。ローズマリーとシアバターで保湿力の高い石鹸を作ろう。

『よくお聞き』

抽出された香油を覗き込みながら結は言の葉を紡いだ。

『古い友よ。香りの裾を翻し、失われた記憶を取り戻せ。魔女の結をもって命じよう』

言の葉は淡い光となって香油に吸い込まれていく。

そのとき、遠くから聞き慣れないクラクションの音がした。

「あ！　来た！」

結は目を輝かせながら飛び出した。何事だと耳を立て、鼻を動かしながら警戒するタフィーが結の前に出る。騎士ぶりは今も健在だ。

一台の赤い車がやってくる。車は畑の間の道を走って、結の目の前で停まった。

「やれやれ。やっと着いたか」

「慧！」

車から降り立ったのは、スーツ姿が嫌味なほど似合う慧だった。タフィーがちぎれんばかりに尻尾を振って、慧の周りをぐるぐると回る。

「姫……じゃないな。魔女殿、ご注文のカボチャの馬車をお届けに参りました」

慧は腕を胸の前に持っていきながら、深々と腰を折った。

「うむ。苦しゅうない」

結は腕を組んで大仰に頷くも、一瞬で腕を解き「可愛い！」と車に抱きついた。

「おいこら。まずは俺に礼を言うのが先だろ」

ちょいちょい、と人差し指が動く。慧の片方の口端が引き上がっている。長い腕がこっちに来いとばかりに大きく広げられた。

えーと……。つまりこれは、そういうことだよね？

たちまち頬を染めた結が「ありがとう、慧！」と駆け寄ったが、それより早かったのは、慧の足元にいたタフィーだった。

「ウォンウォン！」

「うおっ！　タフィー、こら！　待て待て待て！」

「ウォンウォンウォン！」

「違う！　今のはおまえじゃない！　おい、タフィー！」

結の笑い声に、安西と美樹の笑い声も重なった。

「邪（よこしま）なこと考えてるからよ」

美樹がふふん、と鼻を鳴らした。

「邪（よこしま）って……。こら、タフィー！」

「ウォン、ウー、ウォンウォン！」

「ほーら。タフィーもそうだって」

美樹の言葉にタフィーも「ワフッ」と頷き、さらに皆の笑いを誘った。

「いい車だなあ。これで結ちゃんも行動範囲がぐっと広がるな」

そうなのだ。なんとこれは、正真正銘私の車！

春に免許を取った結だったが、車のことはさっぱりわからないので、慧に『運転しやすい車』を条件に探してもらった。これがあれば、一日に六本しかないバスを待たなくていい。村のお年寄りも、苦労してここまで上ってこなくても、結の方から行くことができるようになる。

ルーフは白。ボディはイチゴみたいな赤のツートンカラー。本当に可愛い。ドアを開けて中を覗いた。シートも赤で可愛い。

「これは?」

「タフィー用のシートとシートベルトだ。タフィーはでかいからな。後部座席じゃないと入らないだろ」

「へえ」

結は後ろのドアも開けて「タフィー、おいで」と呼んだ。

「タフィーの席だって。乗ってみて」

タフィーはふんふんと匂いを確かめていたが、すぐにひょいと乗り込んだ。

「うわ、いっぱいいっぱいだ」

「タフィー。座れ。……な? 運転中はベルトで固定するから、こうして座ってなきゃだめなんだ」

「うんうん。これならタフィーも大丈夫。よかったねえ、タフィー。これからはずっと私と一緒にいられるよ」

「ウォン！」

タフィーも嬉しそうに尻尾を振っている。

「……慧。なにしてんの？」

なぜか助手席に乗り込もうとしている慧に、結は顔をしかめた。

「なにって初乗りだ。駅まで送っていけ」

「はあ？　なによそれ」

むうっと唇を突き出すと、大袈裟な溜息を吐きながら、慧は肩を竦めてやれやれと首を振った。

「結。よーく見てみろ。ここに車は何台ある？」

「え？　二台」

「ちげえ。あれは安西さんのトラックだ。美味そうな野菜が山と積まれている。安西さんはこれから直売所に行く。……そうですよね？」

「あ？　ああ。まあ、そうだな」

「もう一度聞く。車は何台だ」

「……一台」

「その通り！　俺は午後から仕事がある。新幹線で戻らなきゃならない。わかったか」

「……はい」

「よろしい」

腕を組んで、助手席で偉そうにふんぞり返っている慧にはムカつくけど、しょうがない。

「すみません、安西さん」

眉尻を下げると「いいって。結ちゃんの分の野菜は縁側に置いとくからさ。行ってきなよ」と送り出してくれた。

「うわあ、ドキドキする！」

運転席に乗り込んでハンドルを握ると、エンジンをかけた。新しい車の匂いがする。

「俺もドキドキするぞ。別の意味でな」

ちらりと隣を見ると、確かに顔の表情筋が強張っている。

「結。アクセルはわかるな？　ブレーキはわかるか？　アクセルの隣だ。間違えるなよ。それはブレーキじゃねえ、アクセルだからな」

「もー、うるさい！」

「おわっ」

「行ってきまーす」

「ま、前！　前向け、前！」

かくして、車はスムーズに動き出した。結の運転する車が大騒ぎしながら森の小道に消えていくと、安西と美樹は盛大に噴き出した。

「ありゃあ彼氏というより父親だな」

「そうねえ。せっかく忙しいとこ暇を見つけては足繁く通ってるっていうのにねえ」

そうなのだ。慧は法科大学院を卒業し、今年中央省庁に配属された。毎日スマートフォンでやりとりをするのが精一杯という激務の中、休日返上で仕事をしてようやく勝ち取った午前休に、車を持ってきてくれた。

「慧。寝てもいいよ」

駅までは車で約四十分。目の下にうっすらと隈ができている慧に声をかけた。

「相変わらず色気がねえな、結は。俺はドキドキして寝るどころじゃないってのに」

最初はそんなセクハラ紛いのことを言っていた慧だったが、五分としないうちに寝息が聞こえ始めた。慧も着実におじさんになりつつあるようだ。

今朝は何時に向こうを出てきたんだろう。車なんてディーラーが運んでくれるのに……、などと考えているうちは、やっぱり慧の言う通り色気とやらが足りないに違いない。

結はそっと言の葉を呟いた。疲労を取って活力を与え、肩や頭を軽くする魔法だ。これで目が覚めたら、慧の目の下の隈も取れているだろう。

バックミラーで後部座席を見ると、タフィーと目が合った。

「オフッ」

「色気かあ」

「……なんか言いたそうじゃん」

「ワフッ」

タフィーは流れる車窓の景色がお気に召したようで、ずっと外を眺めている。タフィーは今年でもう十二歳くらいだろうか。立派なおじいちゃんだ。最近タフィーは寝て過ごすことが多くなった。畑でネズミを追いかけることも少なくなってきた。いずれはタフィーも外つ国へと旅立つ日が来る。そのときが来るまで、少しでも長くタフィーと一緒にいたい。

久しぶりに見る町は、平日にもかかわらず活気に満ちていた。ようやく駅前のロータリーに着くと、すっかり寝入っている慧を揺する。

「慧。慧、駅に着いたよ」

「んー」

あれ？　なかなか起きない？　さっきの魔法、効いてるはずなんだけど……と首をかしげながら顔を覗き込んでいると、ふわりと唇にあたたかいものが重なった。

「……そろそろ俺たちも前に進んでいいんじゃないか」

——え？

にやり、と慧の唇が引き上がるのを、ピンボケの距離で呆けながら見ていた。

「来週の土日は早めの夏休みが取れたんだ。返事はそのときでいいから」

カチリ、とシートベルトを外した慧が車から下りる。

えええっ！

「おっ。なんか身体が軽いな」と言いながら大きく伸びをする。慧は、もう一度助手席のドアを開けて顔を覗かせると、「じゃあな、結」と目を細めた。

ちょっ、ちょっと！

慌てて車から下りかけた結に、駅に向かって歩き出していた慧がくるりと振り向いた。

「け、慧！」

「ちゃんと考えとけよ、新米魔女！」

大きく二度手を振った慧は、いつもの笑みを浮かべたまま、颯爽と雑踏の中へ消えていった。

「ワフン」

ぽかんと口を開けていた結は、タフィーの声に我に返った。余韻の残る唇にそっと手を当てる。

「慧のバカ。前にもなにも、まだ始まってもいないのに」

後れ毛を風がさらった。耳元で小さな笑い声がする。

「本当にね。答えなんてとっくに出てるのに」

風の行方を追っていると、ビルの隙間に山の稜線が見えた。幾重にも木々の緑が重なった千歳緑（ちとせみどり）。

「私たちも帰ろうか」

あの山の奥深く。

魔女が住む、八月の庭に。

あの、
連れ子4人って
聞いてませんでしたけど…!?

最愛の母を亡くし、天涯孤独の身となった高校生のひなこ。悲しみに暮れる中、出会ったのは、端整な顔立ちをした男性。生前、母は彼の家で通いのハウスキーパーをしていたというのだが、なんと彼は、ひなこに契約結婚を持ちかけてきて――
訳アリ夫＋連れ子四人と一緒に、今日から、契約家族はじめます！　ひとつ屋根の下で綴られる、ハートフル・ストーリー！

◎定価：本体640円＋税　◎ISBN978-4-434-27423-7

●illustration:加々見絵里

Yako Okita
沖田弥子

みちのく銀山温泉

あやかしお宿の夏夜の思い出

花火が咲けば
あやかしたちも空に舞う——

銀山温泉の宿「花湯屋」で働く若女将の花野優香。「あやかし使い」の末裔として、あやかしのお客様が抱える悩みを解決すべく、奔走する毎日を過ごしている。ある日、彼女は地元の花火大会に行こうと、従業員兼神の使いである圭史郎を誘う。けれど彼は気乗りしないようで、おまけに少し様子がおかしい。そんな中、優香は偶然半世紀前のアルバムに、今と変わらぬ姿の圭史郎を見つける。どうやら彼には秘密があるようで——!?　心温まるお宿ファンタジー、待望のシリーズ第2弾！

◉定価：本体640円＋税　◉ISBN:978-4-434-27183-0

◉Illustration：乃希

柊木(ひいらぎ)さんちの絆(きずな)ごはん

かんのあかね

若いふたりを結ぶのは、祖母が遺したレシピ帖

『受け継ぐものに贈ります』。柊木すみかが、そう書かれたレシピ帖を見つけたのは、大学入学を機に、亡き祖父母の家で一人暮らしを始めてすぐの頃。料理初心者の彼女だけれど、祖母が遺したレシピをもとにごはんを作るうちに、周囲には次第に、たくさんの人と笑顔が集まるようになって——「ちらし寿司と団欒」、「笑顔になれるロール白菜」、「パイナップルきんとんの甘い罠」など、季節に寄り添う食事と日々の暮らしを綴った連作短編集。

◉定価：本体640円＋税　◉ISBN:978-4-434-27040-6

◉Illustration：ゆうこ

九つ憑き（コノツキ）

あやかし狐に憑かれているんですけど

上野そら
Uwano Sora

前々々々々々々世から憑かれていたようです

何かとツイていない大学生の加納九重は、ひょんなことから土屋霊能事務所を訪れる。そこで所長の土屋は、九重が不運なのは九尾の狐に憑かれているせいであり、憑かれた前世の記憶を思い出し、金さえ払えば自分が祓ってやると申し出た。九重は不審に思うが、結局は事務所でアルバイトをすることに。次第に前世の記憶を取り戻す九重だったが、そこには九尾の狐との因縁が隠されていた——

◉定価：本体640円＋税　◉ISBN:978-4-434-27048-2

◉Illustration：Nagu

この作品に対する皆様のご意見・ご感想をお待ちしております。

おハガキ・お手紙は以下の宛先にお送りください。

【宛先】

〒150-6008 東京都渋谷区恵比寿4-20-3 恵比寿ガーデンプレイスタワー 8F
(株) アルファポリス　書籍感想係

メールフォームでのご意見・ご感想は右のＱＲコードから、
あるいは以下のワードで検索をかけてください。

ご感想はこちらから

アルファポリス文庫

八月の魔女

いちい汐（いちい うしお）

2020年 7月31日初版発行

編　集ー堀内杏都・宮田可南子
編集長ー太田鉄平
発行者ー梶本雄介
発行所ー株式会社アルファポリス
〒150-6008 東京都渋谷区恵比寿4-20-3 恵比寿ガーデンプレイスタワー8F
TEL 03-6277-1601（営業） 03-6277-1602（編集）
URL https://www.alphapolis.co.jp/
発売元ー株式会社星雲社（共同出版社・流通責任出版社）
〒112-0005 東京都文京区水道1-3-30
TEL 03-3868-3275
装丁イラストーふろく
装丁デザインーAFTERGLOW
印刷ー中央精版印刷株式会社

価格はカバーに表示されてあります。

落丁乱丁の場合はアルファポリスまでご連絡ください。

送料は小社負担でお取り替えします。


ISBN978-4-434-27626-2 C0193